http://www.bbulmedia.com

http://www.bbulmedia.com

REAL리얼

REAL 리얼

제로베이스 게임 판타지 소설

BBULMEDIA FANTASY STORY

1

새로운 도전

뿔미디어

†† CONTENTS ††

프롤로그

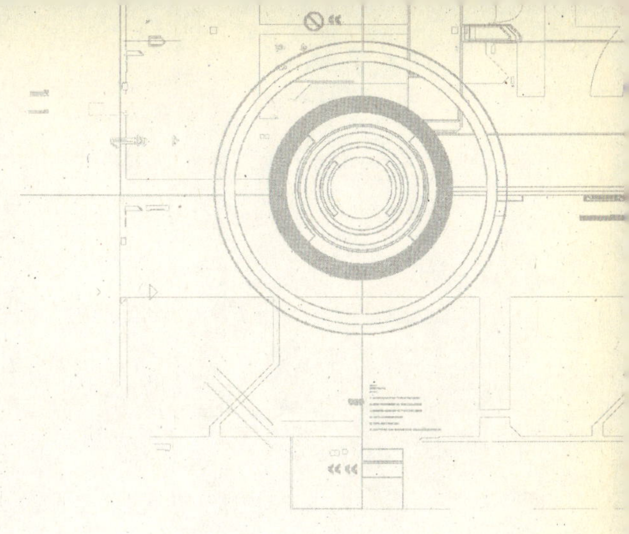

차갑다.

이를 악물고 버티려고 했지만 새어 나오는 신음 소리는
어쩔 수 없었다.

칼날 같은 북녘의 바람이 오늘따라 얄밉게 느껴졌다.

그 같은 감정을 애써 억누르며, 두근거리는 심장의 고
동 소리를 일정하게 유지하기 위해 호흡을 조절했다.

'후, 긴장하지 마. 이번이 마지막이다.'

찰칵!

총기를 점검하며, 50BMG탄이 장착된 탄창들을 일일
이 확인했다.

한 번도 그를 실망시킨 적이 없는 저격총 M—200 체

이탁(Chey Tac)이 유려한 몸체를 드러냈다.

"긴장하지 마라. 한 시간이다. 그 안에 모든 것이 끝난다."

얼굴을 짙게 가로지르는 얼룩덜룩한 국방색 위장 크림이 하얗게 번져 있었다. 그 아래로 드러난 한 사내의 얼굴은 단호함과 어떠한 난관도 이겨 낼 것 같은 불굴의 의지로 가득 차있었다.

'……후, 저도 잘 알고 있지요. 그래도 긴장되는 것을 어쩝니까?'

군인의 기본은 상명하복(上命下服)이다.

투덜거림을 입 밖으로 내지 못하고 애써 삼키며, 눈앞의 꽉 막힌 상관을 응시했다.

"지금까지 모두 잘해 왔다. 긴 말은 하지 않겠다. 이것이 우리의 마지막 임무가 될 것이다."

"……"

모두가 침묵으로 일관하며 조용히 장비들을 점검했다.

'언어' 만이 의사를 전달할 수 있는 것은 아니다.

그들은 본능적으로 알고 있는 것이다. 지금까지 겪어 온 수많은 임무 중에서도 가장 어려운 '한 시간' 이 될 것을…….

"1분 뒤, 시작한다."

꿀꺽!

긴장감이 주위를 장악했다.

개인적으로 이런 분위기를 즐기진 않지만 어쩔 수 없다.

'김격식…… 놈을 제거한다.'

북한 정권 최후의 보루라고 할 수 있는 인물이다. 그만큼 '거물'이기에 위험도는 더 이상 설명할 필요가 없을 정도다.

스윽!

저격총의 PDA(탄도 계산용)스코프를 바라보며, 지하 벙커 입구 주변에 있는 경비원들의 위치를 하나씩 곱씹었다. 마찬가지로 팀장을 비롯한 10명의 팀원들 중 세 명이 저격총으로 적을 겨누었다.

'쏜다. 맞아라. 맞아야 한다.'

스코프를 통해 2km 밖의 적들이 눈앞에 있는 것처럼 보인다. 그 순간 호흡이 멈추고, 심장 소리마저 잦아든다. 소름이 돋을 정도로 무서운 집중력…… 그리고 명령이 떨어졌다.

"모두…… 죽지 마라!"

타앙!

재장전을 위해 배출되는 가스의 매캐한 향을 맡으며, 새로운 표적을 조준했다. 기계적인 움직임이지만, 무엇보다 빠르고 능숙했다.

"사, 살려 다오. 달라는 건 뭐든 주겠다."

정확히 한 시간이 지났다. 지하 벙커의 최하층…… 그 장소에 그들이 있었다.

"그럼, 고맙게 받아 가지. 네 목숨을."

타앙!

때는 겨울.

이제는 기억조차 희미한 양강도 삼지연군(三地淵郡)에서 벌어진 일이다.

1.
전역

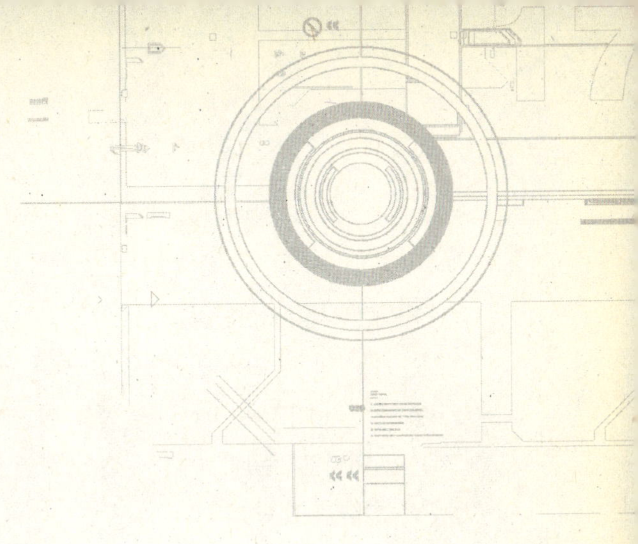

"끄응······."

억지로 몸을 일으켰다.

새하얀 최고급 침대와는 어울리지 않는 피곤함이 전신을 두드렸다.

그 순간 불쾌한 감정이 치솟았다.

결코, 잊을 수 없는······ 하지만 잊고 싶은 기억의 편린들이 머리를 지끈거리게 만들었다.

"제길!"

침대에서 내려와 꿈속에서 본 장면들을 잊기 위해 머리를 거칠게 흔들었다.

하지만 아무런 소용이 없다. 그것은 스스로가 가장 잘

알고 있는 사실이다.

"휴우, 휴우…… 진정해라. 진정해! 정현, 전쟁은 끝났어."

5년이라는 시간이 지났다.

이제는 망각할 때도 되었건만, 그 시린 겨울날 삼지연 군(三地淵郡)의 기억은 정현의 발목을 거칠게 잡아챘다.

"서른이 머지않았는데, 이게 무슨 궁상인지."

정현은 한숨을 내쉬었다.

올해로 28살이 되는…… 결코 적지 않은 나이다.

하지만 아무것도 이룬 것이 없었다. 일자리는커녕 제대로 된 사회생활을 영위하지 못했다.

'뭐? 나보고 정신적으로 문제가 있다고?'

정현은 이를 악물었다.

마지막 임무를 끝으로 정현은 민간인의 신분이 되었다. 더불어서 막대한 퇴직금도 지급받았다.

하지만 아무것도 할 수가 없었다.

무슨 일을 하든 적응하지 못했고, 점점 폭력적으로 변하여 취직한 회사마다 문제를 일으켰다.

'정신과 치료도 여러 번 받았지. 그나마 운동이 효과가 있어서 다행이지만……'

의사는 직업 군인이었던 정현의 과거를 꼬집으며, 정신적인 문제라는 진단을 내렸다.

처음에는 노발대발했던 정현이지만, 지금은 어느 정도 수긍하는 상황이었다.

'그것은 사람이 할 일이 아니었으니까.'

평범한 사람이라면 보는 것만으로도 구토를 하며 도망갈 상황을 여러 번 겪었던 정현이다. '적'과 '전쟁'이라는 이름으로 모든 것이 허락되었기 때문이다.

살기 위해서 최선을 다했지만, 그만큼 잔인한 일도 많이 저질렀다.

"……운동이나 하러 가야겠군."

몸을 혹사시키고 나면 불쑥불쑥 치솟는 충동들을 잠시나마 잊을 수 있다. 원론적인 해결 방법이라고는 할 수 없지만, 어쩔 수 없다.

'다른 방법이 없으니까.'

그것이 5년이라는 시간 동안 정현이 찾은 유일한 탈출구였다.

▼　▼　▼

2017년 대한민국이 있는 동북아시아는 커다란 전환점을 맞이했다. 20년이 넘는 세월 동안 공포정치와 독재로 북한을 이끌던 김정일이 사망을 한 것이다.

사망 원인은 고혈압과 당뇨병을 비롯한 합병증…… 역

사에 오랫동안 기록될 '악인'의 사망치고는 허전할 정도였다.

이후, 북한은 김정일의 삼남 김정은을 중심으로 돌아가는 듯했다.

하지만 김정은의 지지 기반은 취약했고, 예전처럼 북한의 주민들이 정부를 신뢰하지 않았다.

게다가 설상가상으로 북한의 지도층들과의 잦은 마찰이 발생하였다.

미국의 위협으로부터 자신들을 보호해 줄 수 있는 든든한 지도자를 원했던 그들이었기에 김정은의 실망스러운 능력은 지도층들로 하여금 '다른' 생각을 갖게 하였다.

'그래, 그때는 모든 일이 잘 풀릴 것이라 생각했지.'

징헌은 고개를 보로 저었다.

북한에서 일어난 치명적인 내분…… 그것은 북한 조선인민군 4군단장 김격식과 그의 사촌인 정찰국장 김대식이 모반을 일으킨 것이다.

순식간에 북한의 상황은 아수라장이 되었고, 하루에도 수천 명의 피난민들이 압록강을 넘어 북한을 탈출하였다.

그러한 상황을 가장 먼저 파악한 것은 무인정찰기를 이용하여, 수시로 북한의 탐색하던 미국이었고, 곧 동맹국인 한국도 알게 되었다.

'명목은 탄압받는 북한 주민들을 위한 전쟁이었던가?

아무튼 운이 좋았어.'

중국이 끼어들었다면 상황은 많이 달라졌을 것이다. 하지만 그럴 여유가 없었다.

중국의 소수민족들이 독립을 선언하며 무력으로 반발하던 때였다. 게다가 김정일 사후 북한과 중국의 사이도 그리 원만하지 못했다.

결국 중국의 도움을 받지 못한 북한은 김정은과 김격식의 세력으로 나뉘어져 휴전선이 무너지는 것을 무력하게 지켜볼 수밖에 없었다.

'러시아까지 침묵했으니, 북한의 결말은 예정되었다고 할 수 있지.'

대세가 기울어진 것을 깨달은 러시아를 협상 테이블로 이끄는 것은 쉬운 일이었다.

21세기 이후 중국과 파워 게임(Power Game)을 벌이던 미국은 동북아시아에서 유리한 위치를 점할 수 있는 기회를 놓치지 않고, 러시아에게 많은 이익을 안겨 주고 밀약을 맺었다.

물론, 그와 반대로 대한민국과는 통일 후에도 주한미군의 주둔 권한을 보장받는 등 자국의 이익을 위한 다양한 노력도 아끼지 않았다.

'그것도 모르고, 러시아로 망명하다니.'

상황을 파악한 김정은이 경계가 취약한 러시아로 도주

를 했지만, 결국 러시아의 협조로 인해 한국으로 인도(引導)되었고, 2023년 전 세계가 지켜보는 가운데 사형을 당하였다.

'그리고 김격식은……'

김정은을 밀어내고 잠시나마 정권을 차지한 조선인민군 대장이자 4군단장 김격식은 한미연합군을 피해 백두산이 있는 양강도의 삼지연군(三地淵郡)으로 도망친 뒤, 핵무기를 협상 카드로 내밀었다.

하지만 포로로 잡힌 과학자들의 실토로 김격식에겐 핵무기가 없다는 정보를 입수한 한미연합군은 거침없이 평양을 비롯한 북한의 영토를 휩쓸었고, 압도적인 전력에 북한군은 지리멸렬하였다.

'물론, 북한 정권의 무의미함을 깨달은 점도 컸지.'

손바닥이 아무리 커다래도 하늘을 가릴 수는 없는 법이다.

김정일의 정권 말기에는 이미 북한 주민들 사이에서 그러한 의식이 팽배했고, 일부 양심 있는 북한군의 장성들은 휘하의 병력들과 함께 항복을 하였다.

'그리고 마지막을 장식한 것은 바로 우리들!'

정현이 속했던 곳은 10명으로 이루어진 비공식 '팀'이었다.

707특수 임무대대, NIS(국가정보원), UDT(해군특

수전여단)를 비롯한 전군에서 최고로 꼽히는 인원들을 모아, 주요 인물 암살 및 특수 임무를 목적으로 만든 집단인 것이다.

"하아, 하아……."

위잉!

인체의 온도를 감지하는 센서가 작동하며, 체육관의 자동문이 열렸다.

"오오, 최고 기록이야. 10km에 28분이라니."

거친 호흡과 함께 체육관 안으로 들어선 정현을 반기는 것은 트레이너인 '준석'이었다. 올해로 30살이 되는 노총각이지만, 군살 없는 몸매와 사교적인 성격으로 체육관의 여성 회원들에게는 제법 인기가 있었다.

"후우, 비켜 주시죠. 아직 멀었습니다."

세계 최고 기록과 2분 차이를 기록한 뒤, 글러브를 착용하고 샌드백 앞에 섰다. 이어서 시작되는 폭풍 같은 펀치들은 보는 사람들이 현기증을 느낄 정도로 계속되었다.

펑, 퍼버벅!

"휘유! 정말 말이 필요 없군."

"그러게 말이야. 정현이를 볼 때마다 내가 트레이너가 맞는지 부끄럽다니까."

준석과 동갑내기 트레이너인 '문수'가 고개를 절레절레 저으며 한숨을 내쉬었다.

그들도 태권도, 유도, 복싱 등을 비롯한 다양한 운동을 섭렵한 유단자들이지만 정현에게는 한 수…… 아니, 두 수는 접어 줄 수밖에 없었다.

'독종…….'

정현을 가장 잘 표현한 단어였다.

자그마치 3년이 지났다. 그 긴 시간을 하루도 빠짐없이 체육관에 나와서 미친 사람처럼 운동에 매달리는 정현을 보면 누구라도 고개를 가로저을 것이다.

괴상한 것은 웨이트 운동에는 전혀 관심을 보이지 않고, 오직 체력을 소비하는 달리기와 거칠게 움직이는 격투기만을 선호한다는 것이다.

"요즘에는 대련하기가 무섭다니까. 보호구를 착용해도 제대로 하면 3분을 버티기가 힘드니 원……."

"이하(以下) 동문(同文)이다."

준석과 문수의 한숨 소리가 한층 더해지는 사이에도 정현의 움직임은 끊이지 않았다.

퍽, 퍼버벅!

'후우, 후우…… 빌어먹을.'

입술을 질끈 깨물었다.

그날 이후부터 시작되었다. 아무리 노력해도 채워지지 않는 갈증은 정현을 미치도록 괴롭혔다.

'샌드백으론 어림도 없어. 부족해, 부족하다고!'

정현은 중독되어 있었다.

공포와 폭력이 지배하는 전장의 향기에…… 결국, 일그러진 표정으로 준석을 바라보았다.

"서, 설마……."

화들짝 놀란 표정으로 뒷걸음질 치는 준석.

그 순간 단호한 정현의 목소리가 도주를 봉쇄했다.

"대련, 부탁드리겠습니다."

"……오늘은 제발 살살해 줘."

준석이 체육관의 트레이너로 있는 이상 대련 요청을 거부할 권리는 없었다.

도살장으로 끌려가는 가축의 표정을 짓고 있는 준석을 보며 자신이 지목당하지 않았다는 것에 감사하는 문수였지만, 그것도 잠시였다.

"이어서 부탁드립니다."

"……."

문수는 침묵했다.

❖　　❖　　❖

"문 열어!"

[삑, 삐비빅!]

음성인식 시스템이 등록된 사용자임을 확인한 후 자동

으로 문이 열렸다.

혼자 살기에는 사치라고 할 수 있는 30평의 아파트…… 잘 정리된 거실이 모습을 드러냈다.

"후우, 오랜만에 무리했더니 뼈마디가 쑤시네."

약간은 후련해진 표정을 지으며 집으로 들어선 정현은 과도한 운동으로 허기진 배를 움켜쥐며 냉장고를 열었다.

'오늘은 해물 그라탕으로 해 볼까?'

남자 혼자서 산다고 하면 그 누가 믿을 것인가?

갖은 재료와 반찬들로 꽉꽉 채워진 냉장고는 깔끔하게 정리되어 그들을 요리해 줄 정현의 손길을 기다리고 있었다.

'원해서 배운 것은 아니지만…….'

정현에게 남은 것은 시간뿐이다.

원치 않는 백수 생활이 오랫동안 지속되고 있는 만큼 소일거리도 많아졌다.

복싱, 태권도, 유도 등의 격투기들은 기본이었고, 요리와 음악, 승마 등…… 흥미가 생기는 분야는 뭐든지 파고들었다. 다행히 전역을 하며 받은 퇴직금과, 그동안 임무를 수행하며 모은 성과급이 있어서 부유한 생활을 할 수 있었다.

"에아(Ea), 38°로 부탁해."

[예, 알겠습니다.]

　정현의 자택을 관리하는 프로퍼티 매니저(Property
Manager) 프로그램 ‘에아’ 가 성실하게 명령을 수행한
다.
　이윽고 샤워부스 안에 따스한 수증기가 퍼지기 시작했
고, 정현은 뭉친 근육을 주무르며 온수 샤워를 즐겼다.
　[딩동! 정현 님, 오븐의 요리가 완성되었습니다.]
　샤워가 끝나 갈 때쯤 스피커에서 울리는 부드러운 목소
리에 고개를 끄덕인 정현은 수분 제거기(Air Dry)를 이
용하여 물기를 제거하고 부엌으로 향했다.
　“맛있겠는데.”
　오븐에서 꺼낸 해물 그라탕은 먹음직스러운 향기를 풍
기며 정현을 유혹하고 있었다.
　주택 내부의 모든 가전제품과 그것을 조율하는 관리 시
스템은 프로퍼티 매니저(Property Manager) 프로그
램인 ‘에아’ 의 통제대로 움직이기 때문에 실수란 존재하
기 힘들었다.
　그만큼 21세기 초의 ‘과학’ 이라는 용어와 엄연히 구분
되는 현재의 ‘초과학’ 의 힘은 대단했다.
　슈퍼컴퓨터(Super Computer)의 연상 능력인 20
기가플롭스를 우습게 능가하는 성능과 수백, 수천만의 패
턴으로 정리된 에고(Ego) 능력까지…… 부유층의 자택을
관리하는 프로퍼티 매니저 시스템은 현대의 과학이 보여

주는 한 단편에 불과했다.

우적, 우적!

배고픔을 채우기 위한 본능적인 움직임…… 식탁에 놓인 그릇이 자동 세척기로 옮겨지는 시간은 그리 길지 않았다.

“후, 다른 건 몰라도 요리를 배운 것은 참 잘한 일이야. 그런 의미에서 요즘 유행하는 요리 좀 검색해 줄래?”

[예, 알겠습니다.]

요리 학원부터 시작해서 독학까지 이어진 정현의 실력은 상당한 수준이었다.

조리법과 재료만 파악한다면 웬만한 요리들은 모두 어지간한 수준으로 만들어 낼 수 있을 정도였으니 말이다.

‘사고만 치지 않았으면 좋은 기억으로 남았을 텐데.’

요리에 대해 생각하자 결국 마지막은 쓴웃음이다.

사회에 적응하기 위해서 취직했던 직장들과 마찬가지로 안 좋은 결말을 맞이한 요리 학원의 사고…… 정현이 저지른 난투극으로 발생한 전치 4주 이상의 환자만 해도 3명이었다.

[정현 님, 총 2,756건이 검색되었습니다. 인기순으로 확인하시겠습니까?]

“아니, 그만하자. 이번 주 스케줄이나 가르쳐 줘.”

[예, 알겠습니다.]

불쑥불쑥 치밀어 오르는 감정을 참기가 힘들었다.

누구나 즐기는 평범한 일상이, 마치 몸에 맞지 않는 옷을 억지로 입은 듯 답답했다.

'부족해…… 도대체 뭐가 부족하지?'

답답하지만, 명확한 해답을 찾을 수 없다.

정현은 한숨을 내쉬며, 이번 주의 스케줄을 정리해 주는 달콤한 목소리에 귀를 기울였다.

[금일은 2028년 1월 5일로 수요일입니다. 음력으로는 12월 9일…….]

"아니, 날짜는 제외하고 요일별로 말해 봐."

[목요일 : 체육관(1) / 승마 클럽(1) / 음악 학원(1)]

[금요일 : 정신과 정기검진 예약(1)]

…….

"벌써 정기검진 날이네."

한 달에 한 번 병원을 방문하여 진료를 받는 것은 정현에게 익숙한 일이었다.

사회에 적응하기 위해서는 그것을 방해하는 알 수 없는 '정신적' 인 문제를 해결해야 한다.

현재 정현이 가진 최우선 과제는 바로 그것이었다.

'이번에는 좋은 결과가 나왔으면 좋겠는데.'

이제는 간절하기까지 하다.

'전역' 을 하고 5년이 지났다. 23살의 청년에서 28살의 건장한 남성이 되었지만, 여전히 변한 것은 없다.

새로운 인생의 출발선에서 한 걸음도 떼어 놓지 못한 정현…… 사회의 일원이 되어 평화로운 일상에서 살고 싶은 것이 소원이었다.

▼　▼　▼

"많이 좋아지셨네요."

"감사합니다."

정현은 억지웃음을 지으며 담당 의사의 이야기에 고개를 끄덕거렸다.

진료를 받을 때마다 앵무새처럼 같은 결론을 내뱉는 인물이었지만, TV에도 출현한 적이 있는 나름 유명한 인물이기에 담당 의사로 선정했다.

"정현 님의 증상은 과거 '군인'이었던 시절 겪었던 안 좋은 기억들과 관련이 있습니다. 그것이 트라우마가 되어서 대인 관계를 기피하게 만들고, 필요 이상으로 거친 행동을 하게 만드는 것입니다."

"그, 그렇군요."

의사가 생각하고 있는 '군인'으로서의 자신과 실제의 자신은 지구와 태양만큼의 거리가 있지만, 딱히 수정해 줄 필요성을 느끼지 못했기에 수긍하는 척 고개를 끄덕거렸다.

'어차피 우리 팀의 존재 자체가 비밀이고, 결코 알려져서는 안 되니까.'

정부의 명령으로 움직이는 암살 집단의 존재는 사회적으로 많은 물의를 야기할 것이다.

물론, 정현도 전역을 하는 과정에서 결코 '팀'의 존재를 발설하지 않는다는 서약을 한 상태이기 때문에 결코 이야기할 수 없는 상황이었다.

"그렇기 때문에 바른 식습관으로 영양분을 잘 섭취하고, 운동 등의 건전한 취미 생활로 스트레스를 해소하셔야 합니다."

원론적인 이야기지만 수긍할 수밖에 없다. 확실히 운동으로 에너지를 한껏 소비하고 나면 마음속 갈증이 한층 가벼워진 느낌이기 때문이다.

"더불어서 종교 활동을 통해 마음의 안정을 찾으시는 것도 큰 도움이 될 것입니다."

"좋은 말씀 감사합니다."

감사의 말을 전하는 정현에게 살짝 고개를 끄덕이며 평소처럼 진정제의 효과가 있는 약을 처방해 주겠다고 했다.

'비싸기만 더럽게 비싼 약……'

정현은 속으로 투덜거리면서도 겉으로는 미소를 지으며 진료실을 나서려고 했다.

"아, 정현 씨, 잠시만 기다리시죠."

"……?"

그런 정현을 향해 갑작스럽게 떠오른 것이 있다는 듯, 받친 손바닥을 주먹으로 두드리며 제지를 했다.

정현으로서는 새로운 치료법이 있을까 하여 걸음을 멈추고 귀를 기울였다.

"혹시, 리얼(Real)이라고 들어 보셨는지 궁금하군요."

"리얼 말입니까?"

어리둥절한 표정으로 고개를 갸웃거리는 정현을 보며 의사는 조심스러운 목소리로 말을 이어 갔다.

"확실하지는 않습니다. 이건 어디까지나 가정이라는 것을 아셔야 합니다."

끄덕!

정현은 알았다는 듯 고개를 끄덕이며 의사를 재촉했다.

"리얼(Real)은 가상의 공간입니다. 쉽게 말씀드리자면, 가상현실시스템을 기반으로 하는 컨텐츠…… 바로 게임이지요."

"가상현실게임?"

뜬금없이 게임에 대한 이야기를 듣게 된 정현은 얼빠진 표정을 지었다.

하지만 의사는 아랑곳하지 않고 이야기를 계속했다.

"사람의 정신, 감정, 신체 등의 기관들은 모두 뇌의 통제를 받는다고 할 수 있습니다. 그렇게 따진다면 통제할 수 없는 정신병을 가진 모든 환자들은 뇌 어딘가에 이상이 있다는 뜻이겠지요."

"……."

무지한 영역에 대해 이야기하는 의사를 상대로 정현은 침묵을 선택했다.

아는 것이 있어야 맞장구라도 쳐 줄 수 있지 않는가?

"최근 의학계에 발표된 하나의 이론과 그것을 뒷받침하는 설문 조사 결과가 있습니다."

잠시 뜸을 들이던 의사는 컴퓨터를 만지작거리더니 하나의 창을 생성시킨 뒤, 정현이 볼 수 있게 화면을 돌려주었다.

"이게 뭡니까?"

"아아, 보고 계시면 제가 하나씩 설명해 드리겠습니다."

정현은 고개를 끄덕인 뒤, 첫째 줄을 장식하고 있는 제목을 살펴보았다.

> **『가상현실시스템과 뇌(腦)의 관계』**
>
> 가상현실시스템이란?
>
> 접속기를 통해 서버(Server)에 접속하여, 다양한 정보를 수집하고 분석하며, 뇌파를 통해 그것을 유기적으로 컨트롤

하는 시스템을 말한다.

주제어가 되는 문자를 입력하거나 음성으로 검색하는 구시대적 방식이 아니다.

접속기를 통해 사용자의 뇌파를 해석하고, 그것이 데이터로 변환되어 서버로 이동한다.

그렇게 하여 서버에 도착한 데이터는 구체화되고, 다시 하나의 신호화 되어서 접속기로 되돌아가는 것이다.

최종적인 임무는 사용자에 대한 '자극'이다.

서버에서 보내 온 신호를 전달하는 접속기는 사용자의 뇌(腦)를 비롯한 신경들을 자극하여 무형의 존재였던 신호와 데이터들을 유형의 것으로 탈바꿈시킨다.

사용자의 뇌와 신경이 자극을 받게 되어 '인식'을 하게 되는 것이다.

실제로 존재하지 않는 가상의 세계를…….

위에서 보면 알 수 있듯이 가상현실시스템의 핵심은 바로 접속기와 뇌(腦)다.

수많은 해석과 자극, 인식 등의 단계가 반복되며, 그것은 고스란히 뇌의 활성화를 의미한다.

만약, 가상의 세계에서 활동하며 긍정적인 결과를 얻어 뇌를 자극하면 어떻게 될 것인가?

물론 안전 시스템이 철저하게 구축되어 있기 때문에 뇌로 가는 필요 이상의 자극은 차단하지만, 그렇다고 해서 마냥

"이게 무슨 뜻입니까?"

"하하하, 아직 모르시겠습니까? 단도직입적으로 말하자면, 가상현실시스템이 정현 씨의 치료에 큰 도움이 될지도 모른다는 뜻입니다."

설명을 해 주며, 이번에는 옆의 그래프를 보라는 듯 손가락질을 하는 의사의 모습에 정현은 두근거리는 마음을 감추지 못하고 재빨리 시선을 돌렸다.

"이 청색으로 표시된 그래프가 보이십니까?"

"네, 잘 보입니다."

"몇 퍼센트지요?"

"27퍼센트……."

혹시나 하며 말끝을 흐리는 정현에게 의사는 만족스러운 미소와 함께 말했다.

"그렇습니다. 현재 우울증 등의 정신적인 문제를 가진 사용자들을 대상으로 조사를 했습니다. 그 결과 27퍼센트에 해당하는 사람들이 가상현실시스템을 겪기 전보다 호전된 증세를 보였습니다.”

“저, 정말입니까?”

“하하하, 제가 장난칠 이유가 없지요. 물론, 예전보다 상태가 악화된 사용자도 있다고 하지만, 말 그대로 극소수라고 합니다. 현실에서 해소할 수 없었던 스트레스를 비롯한 모든 것들을 가상현실에서 해결할 수 있다는 것입니다.”

“…….”

정현은 잠시 침묵을 선택했다.

머릿속을 스치는 오만 가지 생각이 심정을 복잡하게 만들고, 가슴은 걷잡을 수 없이 쿵쾅거렸다.

‘과거에는 가상현실을 통한 테스트도 많이 해 봤지. 그런데 과연 효과가 있을까?’

가상현실시스템이 처음으로 적용된 곳은 바로 ‘군대’였다.

위험성 때문에 실행하지 못한 다양한 군사훈련들이 가상현실에서 실시되었다.

그로 인해 많은 시뮬레이션과 워 게임(War Game)이 좀 더 적극적이고 효과적으로 실시되었고, 최근에는 새로운 무기 체계 개발과 효율적인 장비 개량을 위한 필수 조건으로 가상현실시스템이 대두되고 있을 정도였다.

‘별다른 느낌은 없었던 것 같은데. 다만, 가상현실시스

템에서 훈련을 하던 도중 수류탄의 파편을 뒤집어썼을 때
는 깜짝 놀라긴 했지.'

　정현은 5년 전의 기억들을 회상하며 고개를 저었다.

　확실히 가상현실시스템은 놀랍다.

　하지만 그뿐이다.

　현실과 비교하면 어느 것 하나 비슷한 수준을 갖추지
못했다.

　'그런 걸 해 봐야 얼마나 도움이 될까?'

　그렇게 결론을 내리고 자신의 생각을 입 밖으로 내뱉으
려는 순간, 의사가 선수를 쳤다.

　"솔직히 말씀드리자면, 저도 최근부터 가상현실시스템
의 사용자가 되었지요. 제2의 인생이라고 할 수 있는……
그것은 하나의 기적과 같았습니다."

　"……."

　정현은 5년 동안 어떤 변화가 있었는지 궁금할 정도였
다. 잠시 본분을 잃고 흥분해서 가상현실시스템의 장점에
대해 찬양을 하는 의사의 모습에서 진정성을 엿보았기 때
문이다.

　'5년이라는 시간 동안 많은 변화가 있었던 건가?'

　확실히 강산이 변할 시간이긴 했다.

　과거 분단 시절을 살던 사람들이 북한이라는 하나의 국
가가 완전히 몰락하여, 거대한 수용소처럼 변했다면 믿을

수 있겠는가?

'그러고 보니, 20% 정도의 인구가 흡수되었다고 했나? 아직도 완전한 통일은 멀었군.'

대한민국과 미국의 주도하에 멸망하게 된 북한의 주민들은 오랜 시간을 김일성, 김정일 부자의 세뇌(洗腦) 교육을 받으며 살아왔다.

세계의 어떤 국가의 국민들도 이해할 수 없는 사고방식을 가진 사람들이 수두룩한 곳이 북한인 것이다.

그렇기 때문에 대한민국 정부는 미국 및 러시아 정부의 협력을 얻어 북한의 국경선을 완전 봉쇄한 뒤, 점진적인 흡수 정책을 펼쳤다.

세계 각국의 지원과 미국, 일본, 중국 등의 뒤를 잇는 막강한 경제력을 바탕으로 식량과 생활 필수품들을 무상 지원했고, 의무교육을 실시했다.

물론, 의무교육에 공산주의…… 즉, 그네들이 말하는 '우리식 사회주의'의 허망함과 부조리를 일깨워 주는 정신교육이 포함되어 있는 것은 당연했다.

처음에는 반발도 있었고, 과거 북한 정부와는 다른 방식의 통제라고 생각하며 압록강을 넘어 탈출하려는 무리도 있었지만, 5년이 지난 지금 대한민국의 정책은 북녘의 대지에 성공적으로 정착한 상태다.

20%에 달하는 과거 북한의 주민들이 낡은 옷을 벗어

던지고, 시끌벅적한 남한의 사회에 적응하여 구성원이 되었다는 것을 생각한다면 말이다.

'80%의 북한 주민들도 어서 변해야 하는데…… 음, 그러고 보니 내가 이런 생각을 하고 있을 때가 아니군.'

꼬리에 꼬리를 문 생각이 정현을 삼천포로 빠트렸다.

정신을 수습한 뒤 앞을 보니, 가상현실시스템에 대한 칭찬을 1절로 모자라서 애국가로 만들어 4절까지 부를 태세인 담당 의사가 보였다.

"그 완벽한 현실성과 만족감은…… 중얼중얼!"

쾅!

"그래서……!"

움찔!

의사는 갑자기 탁자를 내리친 정현의 행동에 화들짝 놀라며, 쉴 틈 없이 떠들던 입을 멈췄다.

그 모습을 날카로운 눈빛으로 응시하던 정현은 활짝 웃으며 말했다.

"결론은 뭡니까?"

"……한번 해 보시라는 거죠. 하하하!"

"예."

"…….."

담당 의사의 시선이 멍해지는 것은 한순간이었다.

▲　　　▲　　　▲

　"에아, 가상현실시스템을 이용할 수 있는 접속기에 대해서 알려 줘. 종류와 가격, 성능 등에 대해서 말이야."

　[예, 알겠습니다.]

　자가 주택으로 돌아온 정현은 편안한 옷으로 환복한 뒤, 에아를 이용하여 검색을 실시했다. 명확하지 않은 자신의 '병'을 고칠 수 있다면 뭐든지 할 각오였다.

　[총 13만 4,765건이 검색되었습니다. 가장 신뢰성이 높은 검색 결과부터 알려 드리겠습니다]

　"그래."

　정현의 대답이 끝나기 무섭게 천장에 달린 영상 생성기에서 빛이 뿜어져 나와 허공에 반투명한 그림들을 떠오르게 했다.

　"이것인가?"

　[가상현실시스템의 접속기로는 보시는 대로 두 가지 종류가 있습니다. 저렴한 가격이 장점인 고글 모양의 유닛(Unit)형과, 가격은 비싸지만 다양한 기능과 감도까지 우수한 캡슐(Capsule)형이 있습니다.]

　허공에 생성된 그림들이 정현의 이해를 도와주었다.

　헬멧과 고글이 합쳐져 있는 형태의 유닛(Unit)형 접속기는 저렴한 가격과 휴대하기가 편하다는 장점이 있었지만, 가상현실시스템의 감도를 나타내는 싱크로율을 10~30%까지밖에 지원받지 못한다.

반면, 캡슐(Capsule)형 접속기는 가격이 비싸지만 다양한 기능들이 있고 싱크로율을 최대 70%까지 지원한다. 그만큼 메리트가 있는 것이다.

[(주)웅비에서 현재 정식으로 서비스하고 있는 표준형 접속기의 가격을 알려 드리겠습니다. 유닛형은 300만 원/캡슐형은 1,000만 원입니다. 거기에 표준형에 없는 옵션(Option)을 원하실 경우 추가 비용이 들어갑니다.]

(주)웅비는 대한민국의 대표 그룹으로, 사회 전반에 걸쳐서 많은 영향을 끼치고 있는 이익집단이었다.

가상현실시스템이 본격적으로 상용화가 된 지 이제 1년이 지났다.

(주)웅비는 가상현실시스템이 막대한 이익을 가져다줄 사업이라는 것을 깨닫고, 최초로 기술을 개발한 기업을 합병하였으며, 공격적인 투자로 국가로부터 2년간 접속기의 독점 개발 및 판매권을 획득하였다.

타 기업이나 회사에서 아무리 좋은 가상현실 컨덴츠를 개발하였더라도 (주)웅비에서 제작한 접속기를 사용해야만 서비스를 받을 수 있는 것이다.

'이왕이면 캡슐(Capsule)형이 좋겠지. 옵션도 추가하고…… 감도는 물론이고, 탑재되어 있는 다양한 시스템이

많은 도움이 될 테니까.'

곰곰이 생각을 한 뒤 결정을 내린 정현은 에아에게 말
했다.

"기본은 캡슐형으로 하고, 옵션으로 건강관리와 생체활
동조절 시스템을 설정하여 주문해 줘. 총 금액이 얼마
지?"

[예, 건강관리는 300만 원/생체활동조절은 100만 원
이며, 한 달에 한 번씩 기사가 방문을 하여 기능검사 및
약물 보충을 실시할 것입니다.]

건강관리 기능과 생체활동조절 기능은 캡슐 구매자들에
게 가장 인기가 있는 옵션(Option) 기능이었다.

장시간 접속을 하는 유저에게 생리 현상 등의 필수적인
활농을 억제하는 약물을 투입하여 로그아웃 소요를 줄여
주고, 마찬가지로 다양한 영양 성분 투입 및 근육의 마사
지 등을 실시하여 사용자의 건강관리를 해 주는 것이다.

[접수되었습니다. 총액 1,400만 원이 결제되었습니
다.]

"그래? 그럼 남은 잔액이 얼마지?"

[현재 정현 님의 계좌 잔액은 5억 7,400만 원입니다.]

"이제 절반도 남지 않았네."

정현은 쓴웃음을 지었다.

불가능이라고 여겨지는 수많은 임무를 수행하여 많은

공훈을 쌓은 정현에게 국가는 보상으로 30억에 달하는 막대한 보상금을 지급했다.

덕분에 20대의 젊은 나이에 본인 소유의 집도 얻게 되었고, 돌아가신 부모님들이 편히 쉴 수 있도록 좋은 자리도 마련해 드릴 수 있었다.

"5년 동안 사고만 치고, 쓰기만 했더니 순식간이군. 이래 가지고서야 몇 년 뒤에는 먹고살 것을 걱정해야겠네."

지금까지 물어 준 합의금만 모아도 웬만한 집 한 채는 살 수 있을 것이다. 그러한 생각에 한숨을 내쉬는 정현이었다.

"그럼, 이번에는…… 리얼(Real)이라고 했던가? 가상현실게임에 대해서 검색해 봐."

[검색 시작하겠습니다. 총 1,074만 3,077건이 검색되었습니다.]

천만 단위의 검색에 10초의 시간도 걸리지 않았다.

그것은 프로퍼티 매니저(Property Manager) 프로그램 에아가 뛰어나기도 하고, 수많은 사람들이 가상현실게임에 대해서 검색을 하고 정보를 주고받는다는 것을 의미했다.

"가장 신뢰도가 높은 것으로 창을 활성화시켜 봐."

[예, 알겠습니다.]

다시 한 번 거실 중앙에 생성된 반투명한 창이 정현의

시선을 사로잡았다.

『가상현실게임 리얼(Real)』

2027년 3월 1일을 기점으로 상용화를 시작한 인피니티 (Infinity)사의 핵심 게임으로서, 가상현실시스템을 게임과 가장 성공적으로 접목시켰다는 평가를 받고 있다.

기본적으로 중세 시대를 배경으로 하고 있지만, 이스트 (East) 대륙을 비롯한 몇몇 국가들은 특이한 형태의 발달 과정을 보여, 여러 종류의 시대관을 동시에 맛볼 수 있는 게임이기도 하다.

다양한 직업들과 스킬, 아이템, 몬스터를 비롯하여 정신없 이 몰입할 수밖에 없도록 만드는 탄탄한 스토리와 수많은 컨덴츠 등이 강점으로 꼽히고 있다.

더불어 현재 대한민국을 비롯한 중국과 일본, 영국, 미국 등에서 서비스를 실시하고 있으며, 대상 국가는 점점 늘어 날 것으로 판단된다.

현재 세계 게임 시장에서 12%의 점유율을 보이고 있으며, 시간이 갈수록 그 발전 속도는 눈부실 정도다.

현재 한 달 매출액은……

"그만! 대충 알겠어."

[가상현실게임 리얼(Real)은 게임성과 상업성을 인정

받은 명실상부 세계 제일의 게임으로 평가받고 있습니다.]

귀찮아하는 정현의 모습에 에아는 긴 설명문을 간단명료하게 요약해 주었다.

고개를 끄덕거린 정현은 몇 개의 글을 더 읽어 본 뒤, 한숨을 내쉬며 검색을 종료시켰다.

"상당히 피곤할 것 같은 게임인걸."

하지만 하지 않을 수 없다.

5년이라는 긴 시간 동안 정현을 괴롭힌 정신적인 갈증은 여전히 풀리지 않은 채로 옥죄고 있다. 그것을 해소할 수 있는 방법이라면 귀찮음과 피곤쯤은 얼마든지 감수할 수 있었다.

"가상현실게임이라……."

정말 어렵다는 듯이 뒷머리를 긁적거린 정현은 간단히 방 청소를 실시하고 집을 나섰다.

"하아, 하아……."

지금부터는 저녁 운동 시간이다.

2.
로그인(Log—in)

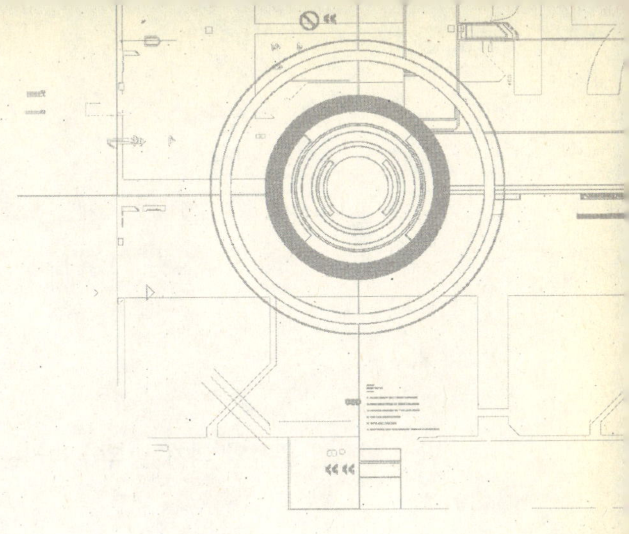

뜨거운 열기가 치솟았다.

살아 있음을 실감하게 하는 거친 심장의 박동과 둔탁한 소음이 귀를 자극했다.

"하앗!"

서로 엇갈리는 글러브를 통해 거리를 가늠했다.

주먹을 뻗기만 하면 상대방을 가격할 수 있는 거리……

그 순간 정현의 눈빛이 섬뜩하게 빛났다.

휙휙!

"큭!"

채찍처럼 휘어지는 잽이 준석의 가드 위를 후려쳤다.

회초리로 종아리를 맞는다면 이러할까?

‘이래서는 승산이 없어.’

이를 악문 준석이 가드를 올린 채로 정현에게 접근했
다. 살을 내주고 뼈를 취할 생각이었다.

‘간다!’

퍼억!

“윽!”

단단히 각오한 준석의 의지를 꺾어 버리는 통렬한 일격
이었다.

비록 가드 위를 때린 것이지만, 자연스러운 무게중심
이동을 통해 파워가 실린 정현의 어퍼컷은 상체를 최대한
숙여 낮은 자세로 접근해 오던 준석의 몸을 일으키기에
충분했다.

“후, 우우⋯⋯.”

거기에서 그치지 않고, 정현은 먹이를 포착한 맹수처럼
사납게 달려들었다.

황급히 머리를 비롯한 주요 급소들을 방어하는 준석이
었지만, 상대방의 공격은 늘 예측 범위를 벗어났다.

퍽!

“윽!”

억지로 다문 입술을 비집고 신음성이 흘렀다. 오른쪽
다리에서 밀려온 통증이 그만큼 거세기 때문이었다.

정현은 로우킥의 영향으로 비틀거리는 준석을 보며, 끝

을 볼 생각으로 신속하게 거리를 좁혔다.

"쉽게 끝날 것 같아!"

가드조차 올리지 않고 달려오는 정현의 모습에 자존심이 상했는지, 마주 달린 준석은 얼굴을 향해 주먹을 뻗었다.

터엉!

태권도의 바깥 막기와 흡사한 동작으로 준석의 공격을 걷어 낸 정현은 팔뚝에서 느껴지는 반발력을 무시한 채 가벼운 잽을 날리며 준석의 신경을 분산시켰다.

"쳇!"

살짝 뒤로 물러서며 로우킥으로 견제를 시도하는 준석이었지만, 그조차도 읽히고 있었다.

백스텝으로 회피를 한 다음, 물러선 것보다 더욱 빠르게 접근해 들어가는 정현의 모습은 발견한 먹이를 사냥하기 위해 내리꽂히는 맹금류의 움직임을 연상하게 했다.

휙휙!

'가벼운 원투? 그렇다면……'

마무리 공격이 올 것이다.

최근 세 번의 대련 동안 비슷한 패턴으로 KO를 당한 준석은 가드를 한 팔목 사이로 눈빛을 번뜩이며, 정현의 오른쪽 다리를 주시했다.

휘익!

"역시!"

저번 대련 때 느꼈던 헤드기어를 뚫고 들어오는 하이킥의 강렬한 감각을 아직도 잊지 못하고 있는 준석은 속으로 쾌재를 부르며, 더킹(Ducking)을 하여 정현의 왼쪽 다리를 잡아갔다.

퍼억!

"컥!"

하지만 행복의 순간은 잠시였다.

헤드기어를 관통하는 엄청난 충격에 잠시 동안 의식이 끊겨서 허우적거리던 준석은 끝내 중심을 잡지 못하고 비틀거리다가 바닥에 몸을 눕혔다.

"으으……"

"수고하셨습니다."

이제 좀 개운하다는 목소리로 대련을 위해 착용했던 보호 도구들을 해제하는 정현을 보며, 유일한 관람자인 문수는 고개를 절레절레 저었다.

방금 전에 벌어진 광경은 그라고 해서 결코 벗어날 수 있는 것이 아니었기 때문이다.

'완벽한 타이밍이었는데.'

쓴웃음을 감출 수 없었다.

하이킥이 어떻게 내려찍기로 변할 수 있는지 의문밖에

생기질 않았다.

그것도 단련된 트레이너인 준석을 한 방에 무력화 시킬 수 있을 정도의 힘을 실어서 말이다.

'정말 보면 볼수록 놀라운 녀석이야.'

준석이나 문수가 결코 모자란 것이 아니었다.

둘은 각종 격투기 대회에서 수상 경력이 있을 정도로 입증된 사람들이었고, 지금도 가끔씩 대회에 출전하는 현역들이었다.

하지만 3년 전 갑자기 나타나서 그들을 놀라게 한 정현을 상대로는 어떠한 상식도 통하질 않았다.

"이번에는 내 차례지? 얼른 준비할 테니, 잠시만 기다려."

"오늘은 여기까지 하겠습니다."

"응?"

문수는 믿을 수 없다는 듯, 커다랗게 떠진 눈으로 정현을 바라보았다.

그와 준석을 연달아서 상대하고도 항상 체력이 남아서 샌드백을 두들기는 정현이었다. 그런데 이렇게 일찍 끝내겠다니?

'3년 만에 처음으로 있는 일인걸.'

"오늘부터 게임을 시작하기로 해서요."

"그, 그래? 그렇다면 가 봐야지."

　처음에는 의아했던 문수였지만, 자신은 준석과 같은 꼴을 당하지 않아도 된다는 기쁨에 손짓까지 해 가며 체육관을 나서는 정현을 배웅했다.

“……진짜로 갔네.”

“크윽! 저, 정현은 어디 갔냐?”

그제야 정신을 차렸는지 뒤통수를 부여잡으며 일어난 준석이 물었다.

“게임하러 간다는데?”

“아아, 그래. 게임하러…… 응?”

준석은 대답을 듣고 고개를 끄덕거리다가 이내 황당한 표정을 지었다.

자신이 무슨 말을 했는지 깨달은 문수도 멍한 얼굴로 준석과 눈을 마주했다. 그리고 마치 연습이라도 했는지 절묘한 타이밍으로 메아리 소리가 퍼졌다.

“에엑!”

“게, 게임이라고?”

……기묘한 침묵이 주위를 휩쓸었다.

▼　　▼　　▼

[캡슐(Capsule) 관리 번호 ‘09—505928’ 등록되었습니다.]

"좋아, 그럼 시작해 볼까."

정현은 집으로 돌아오자마자 설치되어 있는 가상현실시스템 접속 캡슐을 안전하게 이용하기 위하여 프로그램 에아(Ea)에 등록시켰다.

푸슉!

공기가 빠지는 소리와 함께 캡슐의 덮개가 개방되었다.

고급스럽게 보이는 순백색의 외관을 뒤로한 채, 정현은 간편한 활동복 차림으로 내부에 몸을 뉘였다.

스윽!

'상당히 편안하네.'

장시간 가상현실시스템을 사용할 경우를 대비하여 인체공학적으로 설계된 내부는 등에 닿는 시트만 하더라도 최고급 침대를 방불케 했다.

철컹!

정현이 안에서 폐쇄 스위치를 누르자, 캡슐의 덮개가 닫혔다. 그리고 기계가 작동을 시작했다.

위잉!

작은 기계음을 시작으로 차갑게 느껴지는 금속선들의 감촉이 전신에서 느껴졌다.

뇌를 비롯한 수많은 감각기관을 자극하여, 완벽한 가상현실시스템을 만끽하기 위한 준비였다.

"후우……."

정현은 익숙지 못한 느낌에 심호흡을 하며 눈을 감았다.

그러자 기다렸다는 듯 레이저광선 같은 것이 전신을 스캔(Scan)하였고, 금속선에서 알아보기도 힘들 정도로 얇은 바늘들이 튀어나와 신체의 중요 부위들을 장악했다.

'묘한 느낌인데.'

그 순간 전신으로 퍼져 나가는 몽롱함이 정현을 사로잡았다.

꿈을 꾸는 것 같은 아늑한 느낌에 거부하지 않고 빠져든 정현은 정신을 차린 순간 어둠 속에 홀로 서 있는 자신을 느꼈다.

"뭐, 뭐야?"

당황스러움이 전신을 지배했다.

분명 자신은 캡슐에 누워서 접속을 하는 도중이었는데, 잠시 다른 곳에 정신이 팔린 사이 끝이 보이지 않는 광활한 공간에 서 있는 것이 아닌가?

휙휙!

설마 해서 가볍게 주먹을 질러 보는 정현이었지만, 결코 꿈이 아니었다.

실제로 신체가 움직이는 느낌과 함께 날카롭게 허공을

가르는 주먹을 보며, 정현은 침묵할 수밖에 없었다.

'옷도 캡슐에 들어오기 전 입었던 그대로고, 도대체 뭐지?'

영화에서나 볼 법한 상황이다.

마치, 순간이동이라도 한 것 같지 않은가?

[윤정현 고객님, 저희 (주)웅비의 가상현실시스템을 이용해 주셔서 감사합니다.]

"깜짝이야!"

분쟁 지역에서 수색 정찰을 실시하다가 갑작스럽게 적과 조우했을 때도 이렇게 놀라지는 않았다.

멍하니, 이십 대 여성 정도로 느껴지는 음성을 듣던 정현은 화들짝 놀라며 깨달은 사실을 입 밖으로 내뱉었다.

"설마, 이게 가상현실시스템?"

화악!

정현의 말이 끝나기가 무섭게 주위의 어둠이 물러나고, 새하얀 빛이 폭발했다.

정현은 잠시 동안 가려진 시야에 눈을 찌푸리다가 이윽고 빛이 사라지자 드러나는 광경에 넋을 잃을 수밖에 없었다.

"이, 이건……."

창이나 입구가 아치형으로 구성된 르네상스 양식으로

지어진 순백의 성당과, 그것을 중심으로 아기자기하게 지
어져 있는 유럽식의 주택들.

길고 곧게 뻗어 있는 길들은 사방에서 시작되어 중앙의
광장으로 모여들었다.

와아아아!

삼삼오오 모여서 시끌벅적하게 뛰어다니는 아이들의 뒤
편으로 무지개가 비치는 아름다운 분수대가 있었으며, 미
술관에서나 볼 수 있는 우아하고 고풍스러운 느낌의 동상
들이 주위를 장식하였다.

짹짹짹!

분수대와 주위 나무들에 앉아서 지저귀는 새들이 앙증
맞았다.

싱싱한 나무들은 불어오는 바람에 따라서 잎사귀를 흘
렸고, 정현의 눈앞으로 스쳐 지나가며 뚜렷한 존재감을
과시했다.

"이럴 수가……."

상상을 초월하였다.

과거 군에서 경험했던 구닥다리 시스템과는 비교를 거
부할 정도로 모든 감각이 생생하게 느껴지고, 선명한 의
식이 실제의 정현과 캐릭터를 완벽하게 싱크로하며 일체
감을 주었다.

"정말, 놀랍군."

'팀'에서 임무를 수행하면서 어떠한 임무가 주어지더라도 놀라지 않을 강철 같은 심장을 만들었다고 생각했는데, 그것은 너무 이른 판단이었다는 생각을 하는 정현이었다.

"나뭇잎의 잎맥까지 생생하게 보이다니."

꿀꺽!

모든 것이 놀랍고 새로웠다.

하다못해 방금 전 긴장감으로 삼킨 마른침마저 정현에게는 신세계나 다름없었다.

[현재 배경은 유럽의 중세 시대를 모토로 하고 있습니다. 원하신다면 언제든지 배경 화면을 바꾸실 수 있습니다.]

"이러고 있을 때가 아니지."

정현은 놀라움이란 감정을 잠시 접어 두고, 들려오는 음성에 신경을 집중했다. 처음 접해 보는 가상현실시스템이기에 실수를 할 수 있기 때문이다.

"배경은 이대로 하고, 현재 이용할 수 있는 컨텐츠를 알려 주겠어?"

[현재 서비스하고 있는 분야로는 게임, 교육, 금융, 방송, 복지, 쇼핑, 의료, 휴양 등이 있으며…….]

"가상현실게임으로 하지."

정현의 생각보다 가상현실시스템은 많은 발전을 이루

었다.

현실에서 이루어지던 대부분의 일들이 가상현실에서 가능하게 되었는데, 움직이기가 불편한 사람들을 위한 가상현실에서의 의료 상담 등이나 금융 거래, 학교 교육 및 자택 근무 등을 가능하게 하는 하나의 혁명이었다.

[현재 서비스되는 가상현실게임은 리얼(Real)과 룬(Lune) 월드, 절대지존(絕代至尊), 더 워(The War)가 있습니다.]

"가상현실게임 리얼(Real) 실행!"

[알겠습니다. 가상현실게임 리얼을 실행합니다.]

화악!

"윽!"

다시 한 번 빛이 폭발하면서 정현의 시야를 제한했다.

좀 전에 겪어 본 일이기에 정현은 당황하지 않고 편안한 자세로 빛이 사라지기를 기다렸다.

아아, 아아아아!

정현이 시야를 찾아갈 때쯤, 오페라를 생각나게 하는 웅장한 음률이 흐르기 시작했다. 그와 동시에 찬란함을 드러낸 하나의 신전이 시선을 사로잡았다.

새하얀 대리석 기둥들이 선명한 빛을 발하며 새로운 방

문자를 환영했다.

그리스신화에 등장하는 신전들이 이러할까?

아름다운 문양들이 입구와 기둥들을 장식하고, 그 주위로는 몽환적인 연기가 피어올라서 환상적인 분위기를 연출했다.

"꿀꺽!"

두둥, 두둥!

점점 고조되는 음악을 들으며 정현은 신전을 향해 걸음을 떼었다.

계단을 따라서 마침내 입구에 도달했을 때, 정현은 처음으로 마주할 수 있었다.

플레이어 이외의 캐릭터라고 불리는 NPC를 말이다.

—**반갑습니다. 이계인(異界人)이여.**

"……네, 반갑습니다."

가상현실게임 리얼에 대한 기본적인 매뉴얼은 이미 숙지한 상태다. 하지만 감도가 워낙 뛰어나다 보니 NPC라고 해도 실제의 사람과 같은 느낌이다.

물론 등 뒤로 펄럭이는 세 쌍의 날개는 현실의 사람들과 괴리감을 느끼게 하지만 말이다.

—**저는 테라의 신들 중 하나인 운명의 신 '레아' 라고 해요. 처음으로 이곳에 방문하신 이계인들을 바른 길로 인도하는 일을 하고 있지요.**

　금을 녹여서 입힌 것처럼 찰랑거리는 금발과, 아기를 보는 것 같은 새하얀 피부가 인상적이다.

　정현은 연신 펄럭이고 있는 세 쌍의 날개를 구경하다가 시간이 지나간다는 것을 깨닫고는 말문을 열었다.

　"테라를 방문할 수 있도록 도와주시겠습니까?"

　—물론이에요. 그것이 제 임무이니까요.

　정현의 말에 흔쾌히 고개를 끄덕인 레아는 수정처럼 맑은 눈동자를 빛내며, 양손을 가슴 쪽으로 모았다.

　—지금부터 그대의 운명을 보여 드리겠습니다.

　띠링!

　레아의 목소리가 끝나기 무섭게 작은 효과음이 울리며, 정현의 앞에 반투명한 이미지가 생성되었다.

　'이것은…… 나인가?'

　거울 속에서나 볼 수 있던 본인의 모습이다.

　정현은 신기해하면서도 매뉴얼에서 확인했던 사항을 잊지 않고, 허공으로 손을 놀려 캐릭터의 모습을 수정했다.

　'신체는 가장 익숙한 것이 좋으니, 그대로 하는 것이 좋겠지.'

　설정을 끝내고 확인한 정현의 캐릭터는 180cm의 키에 탄탄해 보이는 체격을 갖춘 차가운 인상의 남성이었다.

'딱히 변경할 것이 없으니까.'

캐릭터의 모습은 본인의 모습을 기본으로 최대 30%까지 수정이 가능하지만, 정현은 몸을 완벽하게 컨트롤하기 위해 현실과 동일한 캐릭터를 생성하였다.

―운명은 과거와 현재…… 그리고 미래가 있습니다. 그럼 다음 운명을 보여 드릴게요.

띠링!

> 이름 ― 미설정
> 종족 ― 미설정
> 능력 ― 미설정
> 국가 ― 미설정

허공에 생성된 반투명한 창을 보며, 정현은 이름이라고 적힌 란을 가볍게 터치했다.

―이름이란, 그 존재의 모든 것을 증명할 수 있는 중요한 약속입니다. 그대는 어떤 이름을 가지고 있습니까?

거창하게 말하지만, 캐릭터의 이름을 설정하라는 뜻이다.

정현은 잠시 동안 고민을 하다가 운명의 신 레아가 이야기한 가상현실게임 리얼이 배경으로 하는 이름이 떠올렸다.

"테라."

띠링!

[현재 닉네임을 테라로 설정한 유저는 총 84명입니다. 이대로 진행하시겠습니까?]

"예."

―운명은 그대에게 '테라'라는 이름을 선물하였습니다. 그렇다면 다음 운명을 살펴보지요.

닉네임을 성명한 뒤는 종족 설정이었다.

가상현실게임 리얼이 상용화된 지 삼 개월…… 현재 선택이 가능한 종족은 가장 많은 유저들이 선택하여 플레이하고 있는 휴먼(Human)족과 최근 업데이트된 오크(Ork)속, 드워프(Dwarf)속이 있었다.

'먼저 휴먼(Human)족인가?'

띠링!

> 역동적인 삶이 그들의 가치를 증명한다.
>
> ## 휴먼(Human)
>
> 인생은 짧아.
>
> 한 사람의 삶이라는 것이 그렇게 길지 않거든.
>
> 그렇다면 살아가면서 정말 중요한 것이 무엇일까?

후회하지 않는 삶이 되려면 모든 것을 내던질 수 있는 그
런 선택을 해야 하지 않을까?

성향 : 중립적

[설명] 모든 종류의 무기와 방어구를 사용할 수 있습니다.

[설명] 명성에 영향을 강하게 받습니다.

[설명] 타 종족 에피소드 관련 퀘스트를 제외한 다양한 퀘
스트를 수행할 수 있습니다.

[설명] 모든 속성이 균형을 이루고 있습니다.

……

"무난하군."

테라 대륙에서 가장 번성한 휴먼 종족의 외형은 사람과
다를 것이 없었다.

많은 것들을 선택할 수 있는 높은 자유도와 설정된 캐
릭터가 그대로 적용된다는 점에 정현은 많은 점수를 주고
다음 종족으로 차례를 넘겼다.

투쟁, 번식, 탐욕…… 원초적인 것들이 가장 중요한 법
이지.

오크(Ork)

취익, 오늘도 사냥을 한다.

취익, 먹기 위해서?

취익, 아니다. 이것은 본능이다.

취익, 적의 목을 가를 글레이브(Glaive)는 오늘도 날카롭게!

취익, 흩날리는 선혈과 비명 소리는 너무나 달콤하지.

성향 : 적대적

[설명] 마법(魔法) 계열 무기 사용에 제약이 있습니다.

[설명] 악명의 영향을 강하게 받습니다.

[설명] 휴먼(Human), 드워프(Dwarf), 엘프(Elf) 종족과 적대적인 관계를 맺고 있습니다.

[설명] 육체적인 능력이 극대화됩니다.

[설명] 세밀한 움직임이 필요한 활동 시 제약을 받습니다.

……

"좋아."

정현의 입맛을 돌게 하는 종족이었다.

그야말로 치고, 박고, 싸우는 원초적인 모습의 진수를 보여 주는 오크 종족의 동영상을 보며 잠시 갈등을 한 정현이었지만, 캐릭터의 외형에 근육이 붙고, 초록색으로 변하는 피부색에 고민을 끝냈다.

"패스!"

'마지막이 드워프였던가?'

더 많은 종족이 있지만, 현재 선택이 가능한 종족은 세 가지뿐이기에 정현은 생각을 정리하며 드워프 종족의 설명 창을 주목했다.

창조란, 무엇으로도 대신할 수 없는 고귀한 기쁨이지.

드워프(Dwarf)

쿵쾅, 쿵쾅!

망치를 두들기자, 화로에 불을 지피자.

뜨겁게 달아오른 검신을 식힐 때는 조심조심!

완성된 작품을 지켜보며 마시는 맥주는 천하일품(天下一品)!

성향 : 중립적

[설명] 마법(魔法) 계열 무기 사용에 제약이 있습니다.

[설명] 명성의 영향을 강하게 받습니다.

[설명] 오크(Ork), 엘프(Elf) 종족과 적대적인 관계를 맺고 있습니다.

[설명] 생산 계열 클래스에서 굉장한 재능을 보입니다.

[설명] 대지[地], 화(火) 속성에 익숙함을 보입니다.

……

"볼 것도 없군."

동영상을 통해 150cm 정도 되는 드워프 종족의 모습을 본 정현은 고개를 가로저었다. 짧은 팔과 다리는 몸을 움직이길 좋아하는 정현에게 많은 제약이 될 것이기 때문이다.

"휴먼(Human)족을 선택하겠습니다."

[종족이 휴먼족으로 설정되었습니다.]

―테라의 세계에 가장 많이 퍼져 있는 종족이 그대의 운명이었군요. 아직 끝나지 않았습니다.

띠링!

[Player Status]

닉네임 ― [테라]

레벨 ― [Lv. 1]

클래스 ― [노비스(Novice)]

칭호 ― [無]

명성 ― [無]

근력 ― [0] 물리 공격력이 상승합니다. 아이템 제작 시 내구력의 증가에 영향을 줍니다.

민첩 ― [0] 공격 속도와 원거리 공격력이 상승합니다.

체력 ― [0] HP와 물리 방어력이 상승합니다.

지능 — [0] 마법 공격력과 스킬 숙련도 향상에 영향을
줍니다.

집중 — [0] MP와 캐스팅 속도, 마법 방어력이 상승합니
다. 아이템 제작 시 성공 확률 및 등급에 영향을 줍니다.

행운 — [0] 크리티컬, 회피, 아이템 제작 성공률이 상승
합니다.

HP — [0] HP가 0이 되면 Game Over가 됩니다.

MP — [0] MP가 0이 되면 스킬을 사용할 수 없습니다.

SP — [100%] SP가 0%가 되면 다양한 활동이 제한
됩니다.

공격력 — [0] 캐릭터의 공격력을 표시합니다.

방어력 — [0] 캐릭터의 방어력을 표시합니다.

공격 속도 — [0%] 공격 시 0%의 가산점을 받습니다.

회피율 — [0%] 회피 시 0%의 가산점을 받습니다.

크리티컬 — [0%] 공격 시 0%의 가산점을 받습니다.

속성 — [無] 캐릭터의 속성을 표시합니다.

※종족, 클래스, 히든 피스로 인한 차별화된 종류의 능력치
를 가질 수 있습니다.

Point — [10]

'처음 시작 시에 주어지는 10개의 포인트를 잘 투자해

야 캐릭터를 수월하게 성장시킬 수 있다고 했지. 다음 포인트는 언제 얻을 수 있을지 모르니까.'

가상현실게임 리얼(Real)은 능력치를 향상시킬 수 있는 포인트에 대해 매우 인색한 게임이었다.

클래스를 정할 때나 상위 클래스로 승급을 할 때……또는 굉장한 업적을 쌓았거나, 반복적인 행동으로 자동적인 능력치 향상을 이루는 시스템을 채택하고 있었다.

[Player Status]

닉네임 — [테라]

레벨 — [Lv. 1]

클래스 — [노비스(Novice)]

친호　　[無]

명성 — [無]

근력 — [3] 물리 공격력이 상승합니다. 아이템 제작 시 내구력의 증가에 영향을 줍니다.

민첩 — [2] 공격 속도와 원거리 공격력이 상승합니다.

체력 — [2] HP와 물리 방어력이 상승합니다.

지능 — [1] 마법 공격력과 스킬 숙련도 향상에 영향을 줍니다.

집중 — [1] MP와 캐스팅 속도, 마법 방어력이 상승합니다. 아이템 제작 시 성공 확률 및 등급에 영향을 줍니다.

행운 — [1] 크리티컬, 회피, 아이템 제작 성공률이 상승합
니다.

HP — [20] HP가 0이 되면 Game Over가 됩니다.

MP — [10] MP가 0이 되면 스킬을 사용할 수 없습
니다.

SP — [100%] SP가 0%가 되면 다양한 활동이 제한
됩니다.

공격력 — [3] 캐릭터의 공격력을 표시합니다.

방어력 — [2] 캐릭터의 방어력을 표시합니다.

공격 속도 — [0.02%] 공격 시 0.02%의 가산점을 받
습니다.

회피율 — [0.01%] 회피 시 0.01%의 가산점을 받습
니다.

크리티컬 — [0.01%] 공격 시 0.01%의 가산점을 받습
니다.

속성 — [無] 캐릭터의 속성을 표시합니다.

※종족, 클래스, 히든 피스로 인한 차별화된 종류의 능력치
를 가질 수 있습니다.

Point — [0]

─근력과 민첩, 체력, 지능, 집중, 행운을 선택하셨네요. 이대로 괜찮으신가요?

"네."

정현이 사전 조사를 한 결과, 아무리 자신이 택할 직업에 필요가 없는 능력치라도 스킬을 습득하거나 아이템의 착용 조건, 전직 및 승급을 할 시에 능력치 제한이 있기 때문에 지능과 집중, 행운에도 1개씩 포인트를 투자했다.

─이제 그대의 운명이 향하는 곳을 정할 때입니다. 최초의 한 걸음을 내딛을 장소를 결정해 주세요.

띠링!

효과음과 함께 정현의 시야가 정신없이 돌아갔다.

어느덧 허공을 부유하고 있는 그에게 한 장의 대륙 전도가 모습을 드러냈고, 수많은 국가와 도시들이 선택을 하라는 듯 반짝거리며 빛을 냈다.

'이왕이면 한적한 곳이 좋겠지.'

사실 마음에서는 이미 시작할 장소를 정한 상태였다. 과거 철저한 정보 수집과 사전 점검을 통해 임무를 수행했던 정현의 습관은 게임이라고 다르지 않았다.

"카렌 왕국으로 하겠습니다."

띠링!

[소속 국가를 설정 중입니다. '카렌 왕국'이 맞습니

까?]

“맞습니다.”

─카렌 왕국을 선택하셨군요. 테라 대륙의 서쪽에 있는 작은 국가죠. 아직 발전은 미비하지만, 그대와 운명을 함께한다면 금방 발전할 것입니다.

“감사합니다.”

띠링!

[기본 설정을 모두 끝마치셨습니다.]

[운명의 여신 ‘레아’ 가 선물을 합니다.]

[노비스 전용 아이템을 획득하셨습니다.]

[지금으로부터 10초 후, 스타팅 포인트로 이동하겠습니다.]

가상현실시스템은 보안성을 보장하기 위해 접속기마다 고유 번호를 등록하여 실제 사용자의 정보와 매칭을 시켜서 자동 로그인이 되기 때문에 비밀번호 확인 등의 귀찮은 절차가 필요가 없다.

“이제 시작이군.”

그 사실을 알고 있는 정현은 편안한 자세로 서서 이제 곧 눈앞에 모습을 드러낼 리얼의 세상을 기대하며, 폭발하는 빛의 중심에서 살며시 눈을 감았다.

▼　▼　▼

쾅!

"이게 어떻게 된 일인가?"

"저, 저기 고정하세요."

방 주인의 성격을 대변하는지, 15평 남짓 되는 공간은 굉장히 심플하고 깔끔하게 정리되어 있었다.

잘 정리된 책상과 주변 가구들을 비롯하여, 책꽂이의 책들마저 각이 잡혀서 가지런히 꽂혀 있었다.

그야말로 결벽증에 가까운 정리 상태…… 방금 주먹이 책상을 친 탓에 삐뚤어진 명패만 아니면 완벽했을 것이다.

"내가 지금 고정하게 생겼니?"

쾅!

"히, 히익!"

사십 대 초반으로 보이는 인상 좋은 남자가 연신 책상을 두드리며 화를 내자, 긴 머리카락을 포니테일로 묶은 이십 대 초반의 여성이 겁에 질린 소리를 냈다.

"지금까지 말썽을 피워도 오냐오냐, 했는데. 이번에는 용서할 수 없다."

"사, 삼촌…… 한 번만 봐주세요. 네에?"

남성이 단호하게 나가자 긴장을 했는지, 여성은 평소 위기를 여러 번 넘기게 해 준 '애교' 스킬을 사용했다.

사슴처럼 커다란 눈망울을 반짝이며 두 손을 가슴 앞에 그러모아 최대한 귀엽고, 깜찍한 목소리로 말했다.

"회사에서는 사장님이라고 하랬잖아!"

"꺄악! 네, 네!"

점점 커지는 고성에 애교가 먹혀 들어가지 않는다는 것을 깨달은 여성은 고개를 푹 수그려서 반성을 하고 있다는 걸 온몸으로 피력했다.

"후, 뭘 잘못했는지 알고는 있니?"

"……네."

"그럼, 한번 말해 봐."

기어 들어가는 여성의 목소리에 너무 심했나 하고 생각한 남성이지만, 이번 사건의 중대함을 떠올리자 다시 표정을 굳히고는 독촉했다.

"제가 꼭 그러려고 했던 건 아닌데, 마침 프로젝트 기획안이 책상에 있는 것이 보이기에…… 아무튼 설라무네!"

콰앙!

"똑바로 말해!"

"히, 히익! 히든 클래스가 되고 싶어서 그랬어요."

결국 압박감을 이기지 못하고 자신이 했던 잘못을 실토하는 여성의 모습에, 삼촌이자 사장이라는 직함을 갖고 있는 남성은 한숨을 내쉬며 말했다.

"아이고, 이것아. 지금 게임 회사의 직원이라는 녀석이 사사로이 고급 정보를 이용하여 이익을 챙기려고 들어?"

"자, 잘못했어요오."

어떻게 하면 조금이라도 덜 혼날까, 필사적으로 생각하며 애교 섞인 목소리로 용서를 빌었다. 그리고 마침내 드러나는 여성의 최고이자 최후의 무기인 눈물…….

"훌쩍, 훌쩍!"

"가, 갑자기 울긴 왜 울어. 뭘 잘했다고?"

"히잉……!"

말은 그렇게 하지만, 서럽게 울고 있는 조카의 모습에 결국 백기를 들 수밖에 없는 남성은 어쩔 수 없다는 듯 말했다.

"책임지고 지금까지 수행했던 전직 퀘스트들 포기해. 그리고 활동 지역도 옮기고."

"사, 삼촌!"

"왜?"

대수롭지 않다는 태도에 당황한 여성은 최악의 사태를 피하기 위해 속사포처럼 말문을 열었다.

"퀘스트를 취소하면 명성 수치가 얼마나 많이 깎이는데요. 게다가 지금까지 활동하던 장소에서 다른 곳으로 옮기라니, 지금까지 쌓아 온 인맥하고…… 아무튼 새로 시작하는 것이 얼마나 힘든지는 삼촌도 알잖아요.”

“그래, 그래. 게임 회사의 직원이 정보를 개인 목적으로 사용하면 해고가 된다는 사실도 잘 알지.”

“우씨……!”

잔뜩 바람이 들어간 볼을 탱탱하게 부풀리는 여성이었지만, 약점을 잡힌 이상 방법이 없었다.

‘히든 클래스가 되고 싶었는데.’

아쉬움에 축 처진 어깨가 안쓰럽지만, 사장으로서 회사의 규칙을 누구보다 잘 지킬 책임이 있었다.

“네가 있던 곳이 카렌 왕국이었지? 확인은 안 할 테니, 알아서 오늘까지 조치해.”

“……네에.”

마지막 대답을 끝으로 사장실을 나서는 조카의 뒷모습에 남성은 고개를 절레절레 저었다.

마케팅 부서의 직원으로 근무하고 있는 조카 ‘이서희’는 가상현실게임 리얼(Real)의 골수 유저다.

업무 시간을 제외한 모든 시간을 게임에 투자하는 그녀는 최상위 랭커까지는 아니더라도 직원들 사이에서는 최고의 고수로 손꼽혔다.

‘뜬금없이 유저도 별로 없는 곳에서 시작했다고 하기에 수상하긴 했지만, 설마 기획안을 확인하고 그런 것이었다니.’

직원들에게는 굉장히 완고하고 엄한 사장으로 통하는 그였지만, 하나뿐인 귀여운 조카에게는 마냥 약해지는 팔불출이었다.

이번 일도 일반 직원이었다면 볼 것도 없이 원리 원칙에 의하여 해고를 당했을 것이다.

'히든 클래스…… 게임의 유저라면 누구든 탐을 낼 수밖에 없지.'

타인과 다른 개성을 뽐낼 수 있으며, 뛰어난 능력으로 선망의 대상이 되기도 하는 히든 클래스는 많은 페널티에도 불구하고 열렬한 인기를 끌고 있었다.

"뭐, 원래대로 돌아간 다음부터는 누가 히든 클래스를 얻든 최고의 아이템을 얻든 신경 쓸 것이 아니니까."

정상적이고 합법적인 플레이는 게임의 밸런스에 약간의 문제가 되더라도 손을 댈 이유가 없었다. 어차피 현실에서도 가진 자와 없는 자의 차이는 존재한다.

'그나저나 천직 퀘스트가 있는 그곳이 정확히 어디…… 맞다. 거기!'

남성의 시선이 책상에 프린팅되어 있는 리얼의 세계 전도에 못 박혔다.

[가상현실게임 리얼(Real)의 세계로 접속하였습니다.]

[스타팅 포인트로 카렌 왕국의 초보자 마을 '아스'가 설정되었습니다.]

[초보자 마을을 벗어나려면 레벨 10을 달성해야 합니다.]

[화창한 날씨입니다. SP의 소비가 줄어듭니다.]

"복잡하네."

연속으로 들려오는 효과음을 뒤로한 채, 시야를 회복한 정현은 주위를 둘러보았다.

"아하하하, 기다려!"

"나 잡아 봐라."

꼬마 악동들이 흙먼지를 일으키며 마을 중앙에 있는 우물 주위를 가로지르고 있었다.

형형색색의 머리칼을 가진 사람들…… 아니, NPC들.

그 뒤로 나무로 지어진 목조 형식의 주택들이 늘어서 있었고, 저 멀리 울타리와 그 주위를 빽빽하게 감싸고 있는 나무들이 보였다.

탁, 탁!

정현은 가볍게 호흡을 하는 것부터 시작해서 스텝을 밟고, 주먹을 뻗어 보는 등, 가상현실의 신체를 컨트롤

했다.

　실제 현실에서 움직이는 것과 별 차이가 없을 정도의 링크 상태가 느껴지자, 마냥 놀랄 수밖에 없었다.

　"이게…… 가상현실게임."

　이러니, 사람들이 열광하는 것이 당연하다.

　안 그래도 게임에 목을 매는 사람들이 많은데, 시각과 청각적인 요소를 넘어서 이제는 촉각을 비롯한 오감(五感) 전부를 충족시켜 주니 말이다.

　"오오, 여행객인가? 우리 '아스' 마을에 온 것을 환영하네."

　띠링!

　['아스' 마을의 촌장 켄델이 친근감을 표시합니다.]

　우물가에서 신체 활동을 짐짐하고 있던 징현에게 말을 걸어오는 회색 수염을 지긋하게 기른 중년인.

　효과음과 함께 머리 위로 '촌장 켄델'이라는 글자가 추가되었다.

　"네, 그렇습니다. 혹시 아스 마을의 촌장님 되십니까?"

　"허허허, 어떻게 알았는가? 그렇다네. 내가 아스 마을의 촌장 켄델이라고 하지."

　정현은 리얼을 시작하기 전 정보 수집을 통해 NPC가 게임에서 얼마나 중요한 역할을 수행하는지 알게 되었다.

그렇기 때문에 예의를 갖춰서 NPC를 대하였다.

　"요즘에 보기 드문 젊은이로군. 혹시 궁금한 것이 있는가? 늙은이에게는 세상을 살아가는 지혜와 경험이 있는 법이지. 자네 같이 예의 바른 젊은이에게는 그것을 공유할 용의가 있어."

　띠링!

　['아스' 마을의 촌장 켄델이 기본 튜토리얼(Tutorial)의 진행을 제안합니다.]

　초보자들을 위하여, 올바른 신체의 사용법이나 필수적으로 알아야 할 정보들, 아니면 유용한 팁들을 가르치는 것이 기본 튜토리얼이었다.

　게다가 보상으로 초반에 유용하게 사용되는 아이템을 주기 때문에 정현은 망설이지 않고 승낙했다.

　"그래, 그렇지…… 자, 뛰어 보게."

　타다닥!

　"이번에는 킥! 펀치! 킥!"

　휙, 휘리릭!

　우물가에서 온갖 동작을 취하며, 얼핏 보면 우습게도 보일 수 있는 상황을 연출하는 정현이었지만, 초보자 마을은 개개인의 공간으로서 오직 유저 혼자서만 존재하는 장소이기 때문에 부끄러울 것도 없었다.

　"SP가 떨어지면 앉아서 휴식을 취해야 하지. 아니면

음식을 섭취해도 되네. 물론, 그렇다고 해서 아무거나 먹다간 오히려 탈이 날 수도 있지.”

“HP가 없다면 성직자들의 회복 마법을 기대하게. 그런데 들리는 소문에 신성왕국의 성녀님께서 천사와 같은 미(美)를 지니셨다는데, 사실일까?”

“무기와 방어구를 강하게 만드는 것은 대단한 용기가 필요한 일이네. 마을 유일의 용병인 루크는 욕심을 부리다가 하나뿐인 검을 깨트렸다지?”

“사람이 살아가면서 돈만큼 중요한 것은 없지. 100브론즈(B)는 1실버(S), 100실버는 1골드(G)…… 모두 같은 개념이네.”

소나기처럼 쏟아지는 촌장의 수다 소리에 질려 버린 정현이었지만, 필사적으로 인내하여 마침내 끝을 볼 수 있었다.

“자네는 정말 훌륭한 여행자야. 몸놀림 하나하나가 예사롭지 않았지. 게다가 내 이야기를 끝까지 성실하게 들어 주었어.”

띠링!

[‘아스’ 마을 촌장 켄넬의 호감도가 소폭 상승하였습니다.]

[기대 이상의 결과로 튜토리얼을 수행하셨습니다. 기준 이상의 보상이 주어집니다.]

[칭호 '튜토리얼' 수료자를 획득하셨습니다.]

"아이템 확인!"

[노비스의 단검(무기)]

등급 : 노멀(Normal)

계열 : 무기

재질 : 청동

제한 : 근력[1], 체력[1]

공격력 : 2

옵션 : 無

내구력 : 15(15)

설명 : 리얼의 세계에 처음으로 발을 딛는 여행객들에게 주어지는 무기 아이템이다. 청동으로 만들어진 탓에 공격력과 내구력을 기대하기는 어렵다.

[노비스의 천 옷(상의)]

등급 : 노멀(Normal)

계열 : 상의

재질 : 천

제한 : 체력[1]

방어력 : 1

옵션 : 無

내구력 : 10(10)

설명 : 리얼의 세계에 처음으로 발을 딛는 여행객들에게
주어지는 의복류 상의 아이템이다. 천으로 만들어진 탓에
무게는 가볍지만, 방어력도 기대할 수 없다.

[노비스의 천 옷(하의)]

등급 : 노멀(Normal)

계열 : 하의

재질 : 천

제한 : 체력[1]

방어력 : 1

옵션 : 無

내구력 : 10(10)

설명 : 리얼의 세계에 처음으로 발을 딛는 여행객들에게
주어지는 의복류 하의 아이템이다. 천으로 만들어진 탓에
무게는 가볍지만, 방어력도 기대할 수 없다.

[노비스 슈즈(신발)]

등급 : 노멀(Normal)

계열 : 신발

재질 : 천

제한 : 민첩[1]

방어력 : 1

옵션 : 無

내구력 : 10(10)

설명 : 리얼의 세계에 처음으로 발을 딛는 여행객들에게 주어지는 의복류 신발 아이템이다. 천으로 만들어진 탓에 무게는 가볍지만, 방어력도 기대할 수 없다.

[딱딱한 호밀빵] x 10개

등급 : 노멀(Normal)

계열 : 회복, 소비성

옵션 : SP 회복(+10%)

설명 : 제작 과정에서 실수를 하여 딱딱하게 굳어 버린 호밀빵이다. 신선한 우유와 함께라면 부드럽게 먹을 수 있을 것 같다.

"없는 것보단 낫겠지."

정현은 튜토리얼을 진행하면서 보상으로 받은 단검을 꺼내서 무게를 재 보며 향상된 능력치를 확인하였다.

[Player Status]

닉네임 — [테라]

레벨 — [Lv. 1]

클래스 — [노비스(Novice)]

칭호 — [튜토리얼 수료자]

명성 — [無]

근력 — [3] / 민첩 — [2] / 체력 — [2]

지능 — [1] / 집중 — [1] / 행운 — [1]

HP — [20] / MP — [10] / SP — [90%]

공격력 — [3]+2 / 방어력 — [2]+3

공격 속도 — [0.02%]

회피율 — [0.01%]

크리티컬 — [0.01%]

속성 — [無]

Point — [0]

워낙 기본 능력치가 낮다 보니, 공짜로 지급되는 무기를 착용했음에도 거의 두 배로 데미지가 상승하였다.

정현은 마지막으로 획득한 칭호를 확인하였다.

[튜토리얼 수료자]

등급 : 이벤트(Event)

옵션 : GT(Game Time)로 일주일간 경험치 획득 5% 상승

'게임 시간으로 일주일이라면…… 현실에서는 사흘하고 열두 시간인가?'

가상현실게임 리얼은 현실과 게임의 시간 비율을 1:2로 지원한다.

게임에서의 두 시간이 현실의 한 시간이 되는 것이다.

추가 경험치 5%라면 안 그래도 성장이 빠른 초반에 가속도를 붙여 줄 것이다.

물론 일주일 뒤에는 사라지는 칭호지만, 정현은 그렇게 모든 점검을 끝마치고 촌장인 켄델에게 말을 걸었다.

"혹시 저에게 맡기실 일은 없으십니까?"

단순히 사냥만 해서 성장하기에는 제한되는 사항이 많다.

퀘스트를 수행함으로써 명성치를 비롯한 다양한 이득을 얻을 수 있기 때문에 정현은 켄델을 뚫어져라 쳐다보았다.

"음, 내 고민거리는 자네와 같은 초보 여행자가 처리할 수 있는 일이 아니라네. 아마, 자네가 수행할 수 있는 일이라면 잡화점의 올슨이 알고 있을 게야.”

‘촌장이 가지고 있는 퀘스트를 수행하려면 내 레벨이 부족하다는 건가?’

정현은 수긍을 하고, 켄델에게 잡화점으로 가는 길을 물어서 발길을 돌렸다.

휘이잉!

“시원하군.”

살랑살랑 불어오는 바람이 목덜미를 간질거렸다.

한 걸음씩 옮겨 가는 순간 발바닥을 통해서 느껴지는 묵직한 무게감이 현실의 그것과 조금도 다르지 않다.

‘탄탄한 땅과 시원한 바람…… 따사로운 햇빛까지, 정말 대단한걸.’

인간의 발전이란 도대체 어디까지 계속될 것인가?

정현은 그렇게 감탄하며, 이내 새하얀 지붕이 눈에 띄는 자그마한 건물 앞에 멈췄다.

“여긴가?”

초보자에 대한 배려인지, 초보자 전용 마을의 규모는 무척이나 작았고, 정현은 5분도 걸리지 않아서 켄델이 가르쳐 준 대로 ‘올슨 잡화점’의 간판을 확인할 수 있었다.

딸랑!

“오랜만의 손님이군. 어서 오십시오.”

"처음 뵙겠습니다. '테라' 라고 합니다."

잡화점의 주인인 올슨은 갈색 머리칼을 한 40대의 중년인이었다.

적당히 나온 뱃살을 가죽옷으로 감춘 채, 정현을 지그시 바라보는 눈빛은 사냥감을 노리는 헌터를 생각나게 했다.

"기본적인 여행 용품부터 생필품까지 없는 것이 없으니, 얼마든지 골라 보시죠."

사람 좋은 미소를 지으며 말하는 올슨의 모습은 마치 실제 사람을 생각나게 했다.

정현은 고개를 끄덕거리며 잡화점 내부를 한 번 살펴본 뒤, 이곳에 온 목적을 꺼냈다.

"촌장이신 켄델 님의 소개를 받고 왔습니다. 저에게 시키실 만한 일거리가 있다고 들었습니다."

"으음, 손님이 아니었군. 그래…… 처음 보는 얼굴인데, 여행자인가?"

"네, 그렇습니다."

NPC라도 감정적으로 대하면 안 된다. 가장 기초적인 NPC들도 최소 수백 가지의 패턴이 입력되어 있는데, 그것을 무시하고 기분을 상하게 한다면 어떤 불이익을 받을지 모른다는 사실을 정현은 잘 알고 있었다.

"촌장님의 소개를 받고 왔다니, 한번 맡겨 보도록 하

지. 다름이 아니라, 요즘 내가 동물 가죽이 좀 필요하다
네. 어떤가? 한번 구해 보겠는가?"

띠링!

[올슨의 제안]

등급 : E

설명 : 아스 마을의 잡화점 주인 올슨이 급하게 동물 가죽
이 필요하다고 한다.

정직한 상인인 올슨의 부탁을 들어준다면 만족스러운 보상
을 얻을 수 있을 것이다.

다만, 실패한다면 소문을 듣고 마을 사람들이 일을 맡기길
꺼려할 것이다.

조건 : 토끼 가죽[5], 여우 가죽[1]

보상 : 돈(+80B) / 명성치(+3)

"해 보겠습니다."

띠링!

[E급 퀘스트 '올슨의 제안' 을 수락하셨습니다.]

[퀘스트 진행 상황은 실시간으로 갱신되며, 유저에게
알려집니다.]

[퀘스트는 최대 다섯 개까지 동시에 진행할 수 있습니
다.]

처음으로 제대로 된 퀘스트를 수행해서 그런지, 반투명한 창들이 여러 개 생성되어서 다양한 정보를 제공하고 사라졌다.

정현은 올슨에게 마을의 입구로 향하는 길을 물어본 뒤, 잡화점을 나섰다.

'드디어 실전인가?'

5분 정도 걸려서 마을의 입구에 도착한 정현은 간단히 몸을 풀어 준 다음, 주위의 경비병들에게 인사를 하고 마을의 입구를 빠져나갔다.

"음……."

마을 앞은 황무지였다.

아무것도 존재하지 않는 땅에서 시선을 떼어 좀 더 먼 곳을 바라보자 나무들이 잔뜩 솟아난 숲이 보였고, 아래쪽에는 수풀이 무성했다.

'일단 저기까지 이동하자.'

스윽!

정현은 노비스의 단검을 강하게 쥐고는 100m 전방쯤에 보이는 초지로 발걸음을 옮겼다.

깡총, 깡총!

얼마나 걸었을까?

숲의 입구에 거의 도착할 때쯤 정현은 평화롭게 풀을 뜯으며 돌아다니는 토끼들을 발견할 수 있었다.

약 30cm 정도로 보이는 몸에는 하얀 털이 곱게 자라 있었고, 튀어나온 앞 이빨과 밤새 잠을 못 잔 것처럼 시뻘건 눈동자는 현실의 토끼보다 약간 큰 것을 제외하면 판박이였다.

'토끼는 비선공형 몬스터니까…….'

비선공이라는 것은 선제공격을 하지 않는 설정의 몬스터로서, 그만큼 리얼의 세계에서 초보자들도 마음 놓고 사냥할 수 있는 것이 토끼란 동물이었다. 하지만 정현에게 그러한 사실은 아무런 의미도 없었다.

사냥하는 것은 당연한 이야기이고, 얼마나 쉽고 효율적으로 사냥할 수 있을지가 최대의 관심사였기 때문이다.

'가상현실게임 리얼에서 적용되는 공격력은 능력치 창의 공격력이 전부가 아니다.'

현재 정현이 가지고 있는 물리 공격력[5]라는 수치는 100% 발휘되는 최대의 공격력을 의미한다.

공격을 했을 때, 실제로 입히는 데미지는 상대방의 방어력을 제외해야 하고, 또한 빗맞았다거나 스쳤을 경우에는 그나마도 감소한다.

그렇기 때문에 토끼가 회피를 하거나 방어 동작을 취했을 경우, 정현이 가지고 있는 공격력[5]는 완벽하게 적용되지 않고, 2나 3의 데미지를 입히게 되는 것이다.

물론, 반대되는 개념도 있다.

상대방의 급소를 공격하거나 약점으로 여겨지는 장소에 공격을 성공시킨다면…… 즉, 크리티컬 데미지를 입힐 수 있다면 정현이 가한 데미지는 [5] 이상으로 얼마든지 변할 수 있게 된다.

"한 마디로 말하면 완벽한 공격만이 최고의 공격력을 뽑아낼 수 있다는 것이지."

마음에 드는 시스템이었다.

만약, 모든 것이 능력치와 수치로만 정해진다면 무슨 재미가 있겠는가?

정현은 조용히 숨을 죽이고, 가장 가까이 있는 토끼에게 슬금슬금 다가갔다.

'목이다. 목을 노린다.'

두근거리는 심장 소리가 느껴졌다. 지금 정현이 행하려고 하는 행동은 결코 현실에서 용납될 수 없는 행위였다.

물론 사람은 아니지만, 동물학대죄도 최근에는 그 처벌 강도가 만만치 않았다.

살아 있는 생명을 공격한다는 '금기'를 범하는 데에서 오는 긴장감이 정현을 자극했다.

"하앗!"

푹!

“……!”

띠링!

[완벽하게 성공한 공격! 크리티컬 데미지가 적용됩니다.]

[토끼에게 [8]의 데미지를 주었습니다.]

비선공형 동물인 토끼이기에 정현의 공격이 시작될 때까지 무방비 상태였고, 공격이 시작된 후 회피를 하려고 했지만, 정현의 공격은 너무도 정확하게 토끼의 목덜미를 찔러 버렸다.

끼욱!

퍼억!

[토끼의 박치기에 [3]의 데미지를 받으셨습니다.]

그 순간 가해지는 토끼의 반격!

어설픈 박치기에 멍한 표정을 짓고 있던 정현은 뒷걸음질 칠 수밖에 없었다.

“어, 어?”

피하려면 얼마든지 피할 수 있는 공격이었다.

하지만 무력하게 토끼의 박치기를 당한 정현은 전혀 신경 쓰는 표정이 아니었다.

‘이건…….’

무엇인가 가슴속에서 끓어오르는 느낌이다.

미친 듯이 펌프질을 시작한 심장은 전신으로 강한 혈류를 내뿜었고, 뇌는 엔도르핀을 생산했다.

꾸욱!

정현은 노비스의 단검을 쥔 오른손에 힘을 주었다. 청동으로 만들어진 검신을 타고 전해진 그 섬뜩한 느낌이 소름 끼칠 정도로 기꺼웠다.

'부족해…… 하지만 이 느낌은!'

끼욱!

퍽!

[토끼의 박치기에 [4]의 데미지를 받으셨습니다.]

정현의 생각이 계속되는 동안에도 이어지는 토끼의 공격은 참으로 그로테스크했다.

목덜미에서 초록색 피를 흩뿌리면서도 폴짝폴짝 뛰어서 박치기를 하는 모습이라니?

"후우……."

끼욱!

그 순간 다시 한 번 토끼의 박치기 공격이 시도되었다.

하지만 방금 전과는 다르다. 정현의 눈빛이 변해 있었다. 무엇인가를 고민하다가 갈망하는 모습으로…….

퍼억!

끼엑!

[토끼에게 [3]의 데미지를 주었습니다.]

돌격하는 토끼의 머리를 발차기로 저지했다.

무기 데미지를 제외한 수치가 적용되었고, 그 순간 토끼의 움직임이 정지되자 정현의 입술이 슬며시 올라가며 오른손의 노비스 단검이 쾌속한 궤적을 그렸다.

푸욱!

[완벽하게 성공한 공격! 크리티컬 데미지가 적용됩니다.]

[토끼에게 [9]의 데미지를 주었습니다.]

털썩!

[경험치[5]를 습득하셨습니다.]

"그래, 이거야. 이 느낌이었어."

아식 한참이나 부족하다.

등골이 오싹할 정도의 긴장감과 끝을 모르고 치닫는 스릴…… 어느 것 하나 만족스럽지 못했지만, 정현은 깨달을 수 있었다.

5년 동안 자신을 억누르고, 구속했던 모든 것에서 풀려 버린 '해방감'을 말이다.

'부족해, 아직도 부족해……'

깡총, 깡총!

갈증을 호소하는 정현의 시야에 주위에서 돌아다니는 토끼들이 들어왔다.

스윽!
 조용히 노비스 단검을 움켜쥔 정현의 행동은 토끼들에
게 재앙이 되었다.

3.
성장(1)

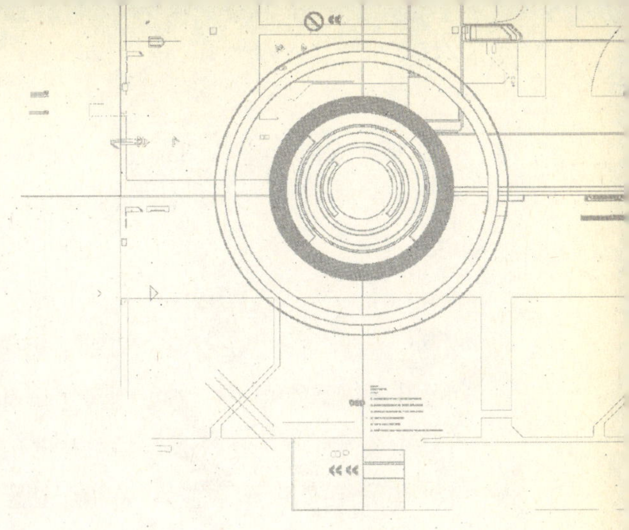

“정말로 마지막이군.”

“…….”

“그럼, 시작하자.”

스윽!

어두운 공간이었다.

천장에서 비치는 은은한 조명 하나만이 암흑 속에서도 어슴푸레 상대방을 볼 수 있게 해 주는 구명줄이었다.

꾸벅!

“와라!”

정중하게 목례를 하는 정현을 손짓으로 가볍게 도발한 남성은 상당히 다부진 체격을 하고 있었다.

잘 발달된 하체와 짧게 쥐고 있는 주먹은 얼핏 봐도 평범한 사람이 아니라는 것을 알게 해 주었다.

타닥!

탐색이 끝나자 몸을 날렸다.

정현은 눈앞의 남자를 향해 거칠게 주먹을 질러 갔다.

아무런 잔재주를 부리지 않은 정직한 공격이었지만, 치맛자락이 찢어지는 듯한 소음을 흘리며 눈 깜짝할 사이에 남자의 얼굴 앞까지 도달한 그 공격을 얕볼 사람은 없었다.

터엉!

"여전히 거칠군."

"마찬가지입니다!"

상단 막기로 주먹을 쳐 낸 남자는 그대로 무릎을 뻗었다.

노출된 복부가 위태로운 상황이었다. 그대로 적중당하면 좋지 못한 꼴을 보게 될 것을 잘 알고 있는 정현은 오른쪽으로 빙글 돌며, 공격을 회피했다.

"제법……."

"하앗!"

그것으로 끝이 아니다.

회피하는 동시에 뻗어 나가는 회전 팔꿈치 치기가 상대방의 안면을 노렸다.

“큭!”

살짝 스친 정도로 공격을 피해 낸 남성은 이를 갈며, 하단 발차기로 정현의 중심을 흔들었다.

퍼억!

“윽!”

중심을 잃은 정현의 복부에 연속으로 주먹을 먹였다.

한순간 머릿속이 멍해질 정도의 통증이 밀려왔다. 하지만 정현은 이를 악물고 양손을 들어서 얼굴 앞에서 교차했다.

쿠웅!

“내 차례입니다.”

남성의 내려찍기를 정확히 막아 낸 정현은 양손에 힘을 주어 다리를 밀쳐 버린 다음, 빠르게 거리를 좁혀 갔다.

“쉽지는 않을 거다!”

밀쳐진 다리 때문에 중심을 잡기가 힘들어지자 남성은 과감하게 몸을 뒤로 날리며 한 바퀴 텀블링을 했다.

“거기까지!”

퍼억!

“커억!”

하지만 정현의 대응은 예상을 웃돌았다.

전력으로 질주한 뒤 날린 숄더 어택이 명치에 꽂히자, 볼링장의 핀볼처럼 뒤로 날아간 남성은 제대로 낙법도 취하지 못한 채 바닥을 뒹굴었다.

"아, 아직이야!"

"그럼…… 와 보시죠."

이번에는 정현이 손짓을 하면서 상대방을 도발했다.

서로 한 방씩 주고받았지만, 정현의 공격이 더욱 큰 데미지를 준 상태기 때문에 여유를 가질 수 있었다.

휙휙!

견제용으로 뻗는 잽들도 날카롭기 그지없다.

채찍처럼 휘어지는 정현의 잽은 프로 격투기 선수들도 상대하길 꺼려할 수준이었다.

"이 정도로는 날 막지 못해!"

촤악!

어깨를 세워 정현의 공격을 튕겨 내고는 그내로 파고들었다. 정현보다 리치가 짧은 남성으로서는 좁혀진 이 거리야말로 최적의 거리였다.

"아까의 신세를 갚아 주지."

쒜엑!

파고든 자세 그대로 따라오던 오른손이 솟구치며 반원을 그렸다.

정현의 턱을 노리는 무시무시한 공격은 공기를 가르는 소리로도 그 위력을 짐작할 수 있었다.

퍼억!

“윽!”

황급히 양손을 교차시켜서 막았지만, 우습게 볼 위력이 아니었다.

가드를 뚫고 들어온 충격에 신음성을 흘리며 뒷걸음질 치는 정현은 이어질 공격을 생각하고 이를 악물었다.

휙, 휘리릭!

“자, 막아 봐라!”

“제길…….”

퍼버버벅!

상단, 중단, 하단을 가리지 않고 무차별적으로 가해지는 남성의 공격에 정현은 거친 소리를 내뱉을 수밖에 없었다.

등껍질 속으로 들어간 거북이 머리처럼 필사적으로 가드를 하며 조금씩 뒷걸음질 치는 정현의 모습이 만족스러운지, 남성은 연신 기합 소리를 내며 공격을 했다.

퍽!

“컥!”

소나기처럼 쏟아지는 공격을 완벽하게 막을 순 없었다.

한두 번씩 공격을 허용하기 시작한 정현의 표정이 점점 굳어지기 시작했고, 그러다 무엇인가 결심한 표정으로 이를 악물었다.

“하앗!”

“어엇?”

콰앙!

마침내 승부수를 던진 정현은 방어를 포기한 채 남성과 주먹을 한 방씩 교환했다.

복부에 깊숙하게 꽂힌 정현의 주먹과 옆구리를 가격한 남성의 미들킥이 서로에게 큰 충격을 주었다.

“으으…… 먹어라!”

휘익!

몸을 돌보지 않은 정현의 무식한 행동에 당황했던 남성이지만, 곧 정신을 차리고 주먹을 뻗었다.

터엉!

“……!”

남성의 속사포 같은 공격을 견디며 타이밍을 재고 있던 정현은 미들킥의 피해를 최소화할 수 있었기 때문에 이어진 남성의 공격도 능숙하게 흘려 낼 수 있었다.

반면에 예상하지 못했던 타격으로 집중력이 흔들린 남성의 주먹은 힘없이 옆으로 튕겨질 수밖에 없었다.

“조금 아플 겁니다.”

남성의 중심이 무너진 순간, 정현은 눈빛을 번뜩이며 발을 뻗었다.

“어엇!”

콰직!

평범한 하이킥으로 생각하고 무너진 자세에서 한 손 방어를 선택한 남성이었지만, 중간에 각도가 변해서 목덜미로 그대로 꽂히는 브라질리언 킥은 막을 수 있을 만한 성질의 것이 아니었다.

"……정말 인정사정없군그래."

"마찬가지입니다."

잠시 뒤 충격에서 벗어난 남성과 정현은 서로를 보며, 웃는 낯으로 농담을 던져가면서 밝은 분위기를 연출했다.

하지만 그것도 잠시였다.

"이제 가는 거냐?"

"……"

진지한 목소리로 정현의 눈을 마주 보고 말했다.

잠시간 침묵을 지켰지만, 결국 정해진 사실이기에 정현은 살짝 고개를 돌려 남성을 외면하며 그렇다는 뜻을 전했다.

"그래, 어차피 '팀'도 해체되고 너는 애초부터 군대와 맞지 않는 녀석이었으니까."

"그동안 감사했습니다."

꾸벅!

"쳇! 감사하다는 놈이 목덜미에 킥을 날려?"

마지막이라는 듯 정중하게 고개를 숙이는 정현의 모습에 볼멘 목소리로 답하는 남성이었지만, 미련이 남지 않은 시원한 표정이었다.

"그럼…… 건강하세요."

"잠깐!"

작별을 고하는 정현에게 손을 들어서 제지하는 남성의 표정이 심상치 않았다.

"너에게 해 줄 이야기가 있어."

"……."

정현과 남성의 비밀스러운 대화는 오랫동안 이어졌다.

▼　　▼　　▼

똑똑!

"손님, 일어나실 시간입니다."

"……으음."

정현은 잠기운의 여운을 떨쳐 버리려고 몇 번 뒤척이다가 침대에서 몸을 일으켰다.

"후, 괜찮네."

가상현실게임 리얼(Real)은 캡슐형 접속기와 연동되는 가수면 시스템을 지원했다.

게임에서 여관에 들어가 취침 시간을 설정하고 잠이 들면, 현실에서 수면을 취한 것과 동일한 효과를 볼 수 있고, 게임과 현실의 시간 비율이 1:2이기 때문에 두 배의 효율로 피로를 회복할 수 있었다.

더불어서 과도한 게임 접속으로 몸 상태가 나빠지는 것을 우려해 실시간으로 신체 상태를 체크하는 접속기의 '강제접속종료' 시스템도 피할 수 있는 회복 방법이기 때문에 많은 유저들이 애용하고 있었다.

'그 시절의 꿈을 꾼 것은 오랜만이군. 그만큼 편히 수면을 취했다는 뜻인가?'

정현은 여관을 나서며 생각했다.

5년 전 팀을 떠나올 때 있었던 마지막 대련에서 평소 가장 친분이 있던 동료와 나누었던 대화…… 무슨 생각으로 전역을 할 사람에게 그런 기밀을 이야기했는지 모르겠지만, 이제는 자신과 아무 상관이 없다고 생각하는 정현이었다.

"오오, 테라 군. 올슨과 에일린에게 이야기를 다 들었네. 정말 많은 일을 해 주었어."

"당연히 해야 할 일을 했을 뿐입니다."

어제 정현은 제정신이 아니었다.

토끼를 비롯한 마을 주변의 동물들을 사냥하며 살아 있다는 생동감을 느꼈다.

비록 그 강도는 미약하기 그지없지만, 그러한 감정이 생겼다는 것이 중요할 뿐이었다.

'미친 듯이 주위의 동물을 사냥하느라, 정신을 차렸을

때는 이미 늦은 시간이었지. 덕분에 퀘스트를 두 개밖에 해결하지 못했지만…….'

당장이라도 달려가서 그 섬뜩함과 긴장감을 다시 느끼고 싶었다.

하지만 이것은 게임…… 금방이라도 폭발할 것 같은 감정과 다르게 냉철한 이성은 행동을 억눌렀다.

'무조건 사냥만 해서는 제대로 된 성장을 할 수 없다. 퀘스트를 동반하는 것이 훨씬 이득이다.'

정현은 남다른 승부욕을 가지고 있었다.

그것이 '팀'에서 가장 어렸음에도 불구하고, 실력으론 손가락에 꼽힐 정도가 된 비결 중 하나였다.

맨손 격투부터 시작해서 총기를 다루는 법, 서바이벌 능력, 고속 침투 능력 등, 하나라도 뒤처지는 것이 있다면 며칠 밤을 새서라도 미친 듯이 연습하여 주위 사람들을 따라잡았다.

그것은 게임이라고 해서 다르지 않았다.

'이왕 하는 게임이다. 게다가 재미도 있으니…… 그렇다면 누구보다 앞서는 사람이 되겠다.'

가상현실게임 리얼(Real)이 서비스를 시작한 지 이제 삼 개월이 지났다.

그만큼 뒤처진 시작점에 서 있는 정현이었지만, 결코 포기할 생각 같은 것은 없었다.

악착같은 승부욕!

그것이 정현을 이끄는 원동력이었다.

"이번에는 촌장님의 고민을 들어 드리고 싶군요. 저에게 부탁하실 일이 있다면 부담 없이 말해 보시죠."

"으음, 고민이 있긴 하네만……."

어제의 사냥과 퀘스트 수행으로 정현의 레벨은 4가 되었고, 퀘스트의 보상으로 1실버 50브론즈라는 돈과 7의 명성치를 보유하게 되었다.

이번에는 켄델이 퀘스트를 줄 것이라는 생각에 자신감 어린 눈빛을 보내는 정현이었지만, 고개를 절레절레 젓는 행동에 기대를 접을 수밖에 없었다.

"자네가 올슨과 에일린의 고민을 해결했다는 것은 알지만, 이것은 너무나 위험한 일이라네."

"그렇습니까? 그렇다면 제 수준에서 할 수 있는 일을 소개해 주시면 감사하겠습니다."

퀘스트를 해결할 능력이 되더라도 명성치가 부족하다면 퀘스트를 얻을 수가 없다.

마을의 대표라고 할 수 있는 촌장이 줄 퀘스트는 가장 어렵지만, 그만큼 큰 보상이 따를 것이기 때문에 정현은 기필코 레벨 10이 되어 초보자 마을에서 강제 이동되기 전까지 퀘스트를 수행하리라 다짐했다.

'홈페이지에서 본 정보에 따르면, 초보자 마을의 촌장

이 주는 퀘스트를 해결한다면 원하는 부위의 장비 아이템을 하나 얻을 수 있다고 했으니까.'

초보자들이 시작할 때부터 기본 장비를 제외한 아이템을 갖게 되는 것은 쉬운 일이 아니다. 게다가 촌장의 퀘스트는 해결한 사람이 거의 없을 정도로 난이도가 높기 때문에 정현은 이것을 첫 번째 목표로 삼았다.

"방어구 상점의 에밀이 고민거리가 있다더군. 한번 가 보는 것이 좋을 거야."

"예, 알겠습니다."

저번과 마찬가지로 정현은 촌장에게 길을 물어서 방어구 상점으로 찾아가 에밀에게 일거리를 부탁했다.

"쉬운 일은 아니네만…… 늑대 가죽을 구해다 주게."

띠링!

[에밀의 고민거리]

등급 : E

설명 : 아스 마을의 방어구 상점 주인 에밀이 급하게 늑대 가죽을 구하려고 한다.

마을에서 상당한 영향력을 가지고 있는 그의 부탁을 들어 줄 경우, 일거리를 구하기가 더욱 수월해질 것이다.

다만, 실패한다면 소문을 듣고 마을 사람들이 일을 맡기길 꺼려할 것이다.

조건 : 늑대 가죽[10]

보상 : 돈(+2S) / 명성치(+8)

정현은 퀘스트를 수락하고, 마을을 나섰다.

어제 토끼들을 학살했던 숲 앞쪽의 수풀이 우거진 지역을 지나서 여우들이 출몰하는 숲의 입구도 지나쳤다.

초보자 마을의 가장 기초적인 사냥감들답게 비선공 성향의 동물들이었기 때문에 이동 간에 불편함은 없었다.

'하지만 늑대는 다르지. 공격적인 성향이 매우 강한 동물이니까.'

사삭, 사사삭!

"왔군."

울창하게 솟아 있는 나무들과 무성한 수풀들을 헤치며 걷고 있는 정현에게 기대하던 소리가 들렸다.

크르르…….

굵은 나무 뒤쪽에서 모습을 드러낸 늑대는 지저분한 갈색 털들을 휘날리며 정현을 향해 날카로운 이빨을 번뜩였다.

"와라!"

커엉!

늑대는 가볍게 손짓하는 정현의 움직임을 도발로 생각했는지, 거친 울음소리와 함께 달려들었다.

퍼억!

크르르…….

정현의 앞차기로 인해서 늑대의 돌진이 멈췄다.

하지만 공격이 끝난 것은 아니다.

오히려 잘되었다는 듯 다리를 물어오는 늑대의 행동에 정현은 오른발을 회수하며, 유일한 무기인 단검을 휘둘렀다.

커엉!

[늑대에게 [3]의 데미지를 주었습니다.]

"쳇! 방어력인가?"

데미지가 전부 적용되지 않고 있다는 사실을 깨달은 정현은 토끼나 여우와 다르게 약간의 물리 방어력이 있는 늑대를 새삼스레 바라보았다.

크르르…… 크앙!

정현의 단검에 코를 베인 후, 극도로 흥분한 모습을 보이는 늑대는 앞뒤 가리지 않고 달려들었다.

하지만 그런 단순무식한 공격에 당할 정현이 아니었다.

서걱!

[늑대에게 [4]의 데미지를 주었습니다.]

옆으로 빙글 돌아 늑대의 이빨을 피한 뒤, 어김없이 목덜미에 단검을 꽂아 주었다.

보통의 유저라면 상상도 못할 정도의 완벽한 움직임

이다.

그것을 인식했는지, 게임의 시스템도 정현의 업적을 칭찬했다.

띠링!

[놀라운 움직임으로 늑대의 공격을 회피하고, 반격했습니다. 대단한 경험으로 인해 몸이 민첩해집니다.]

[민첩이 [1] 상승하였습니다.]

"……!"

능력치가 상승했다는 메시지에 정현의 입매가 올라갔다.

보너스 포인트를 구경하기 힘든 리얼의 특성상 강해지기 위해서는 레벨업뿐만이 아니라, 지속적인 훈련이나 반복 학습을 통해서 능력치를 향상시킬 필요가 있었다.

그때였다.

커엉!

촤악!

[늑대의 발톱 공격에 [3]의 데미지를 받으셨습니다.]

"……!"

순간 기쁨을 만끽하던 정현에게 늑대의 공격이 가해졌다.

충분히 타격을 가했다고 생각했는데, 상상 이상으로 늑대의 신체 능력이 뛰어났던 것이다.

‘토끼나 여우랑은 비교조차 할 수 없네.’

상대방의 정보를 확인할 수 있는 ‘탐색’ 스킬이 있다면 좋겠지만, 초보자인 정현에게는 요원한 일이다.

그래도 게시판에서 검색한 정보가 있어서 늑대의 총 HP가 40이라는 것을 숙지하고 있었다.

크앙!

까가강!

이어지는 늑대의 이빨 공격을 단검으로 막은 정현은 다시 한 번 앞차기로 견제를 하고, 움찔하는 늑대에게 달려들어가서 목덜미에 재차 단검을 쑤셔 박았다.

푸욱!

[늑대에게 [2]의 데미지를 주었습니다.]

[연속적인 공격으로 추가적인 데미지를 주었습니다.]

[늑대에게 [8]의 데미지를 주었습니다.]

상처가 남아 있는 목덜미를 재차 공격해서인지, 추가적인 데미지가 부여되며 늑대가 휘청거렸다.

큰 타격을 받은 것이다.

“받아라!”

서걱!

크엉!

다시 한 번 콧잔등을 베고 지나가는 정현의 공격에 늑대는 울음소리와 함께 뒷걸음질 쳤다. 본능적으로 정현이

만만치 않은 상대라는 것을 느낀 것이다.

아우우우!

"……?"

갑작스럽게 울부짖기 시작하는 늑대의 모습에 정현의 눈동자가 의아함으로 물들었다.

"최후의 발악인가? 이제 끝내 주지."

확실히 토끼와 여우 등과는 비교할 수 없는 긴장감과 손맛이 있었다.

그것에 만족한 정현은 이제 마무리를 하고 다음 늑대를 찾기로 했다.

사삭, 사사삭!

"……!"

갑작스럽게 풀숲을 헤치고 무엇인가 다가오는 소리만 들리지 않았다면 말이다.

"이런!"

난감해하는 정현의 시야에 눈앞의 늑대와 똑같이 생긴 두 마리의 늑대가 나타났다.

레벨 4의 초보 유저로서는 한 마리를 상대하는 것이 고작인 강력한 동물이 늑대다.

'아직 몸이 완벽하지 않은데.'

정현은 쓴웃음을 지었다.

평범한 유저와는 비교할 수 없을 만큼 놀라운 움직임을

보여 주고 있지만, 만족스러운 수준은 아니었다.

언젠가는 현실의 정현조차도 뛰어넘는 능력을 보여 줄 캐릭터이지만, 현재는 레벨 4라는 한계가 명확한 능력치를 갖고 있기 때문이다.

커엉!

"큭!"

그렇기 때문에 눈으로는 늑대의 공격을 좇고 있지만, 손과 발의 스피드가 생각대로 따라오질 못했다.

어느덧 좌우에서 덮쳐 온 새로운 늑대들의 발톱이 정현의 옆구리를 훑고 지나갔다.

'생각보다 통증이 오는군.'

현실과 최대한 비슷한 감각을 느끼기 위해서 싱크로율에서 통각(痛覺)까지도 캡슐형 접속기의 최대치인 70%로 설정해 놓았기 때문에, 옆구리에서 회초리로 맞은 듯한 고통이 느껴졌다.

'하지만 이러한 고통조차도……'

불리한 상황이지만, 정현의 입매가 슬며시 올라갔다.

즐거운 것이다.

토끼를 사냥할 때와는 비교조차 할 수 없는 긴장감이 느껴지며, 기묘한 감정이 정현의 뇌리를 자극했다.

크르르!

"와라!"

정현의 도발을 참아 줄 생각이 없는지, 세 마리의 늑대들은 갈색 털을 휘날리며 사방에서 덮쳐 왔다.

절체절명의 상황…….

하지만 정현의 눈은 냉정하게 빛나고 있었다.

'지금!'

늑대와의 간격을 확인하던 정현이 완벽한 포위망이 갖춰지기 전에 두 마리 늑대의 사이 공간을 향해 몸을 던졌다.

허탕을 친 늑대들이 달려들던 기세를 멈추려고 애를 썼지만, 한 타이밍 빠르게 반전한 정현이 가장 가까운 늑대의 목덜미에 단검을 쑤셔 박았다.

푸욱!

"하앗!"

쩌렁쩌렁한 기합 소리가 정현이 입에서 터져 나왔다.

큰 충격에 몸을 떨고 있는 늑대를 향해 인정사정없는 공격이 계속해서 이어졌다.

발, 주먹, 단검, 발, 주먹, 단검…….

연속적인 공격으로 새롭게 등장한 늑대 중 하나가 빈사 상태가 되어 갈 때, 기회를 놓치지 않고 우측에 있던 늑대가 정현의 옆구리를 향해 몸을 던져 왔다.

퍼억!

"윽!"

묵직한 느낌과 함께 본인의 의지와 관계없이 뒤로 한 걸음 물러섰다. 그러자 좌측에 있는 늑대가 날카로운 이빨로 정현의 허벅지를 노렸다.

"어딜!"

탁!

앞차기를 통해 늑대의 공격을 막아 내면서 동시에 반발력을 얻어 거리를 벌렸다.

몸통 공격에 HP가 10까지 떨어졌기 때문에 위험을 느낀 것이다.

'두 번의 공격에 HP가 반밖에 남지 않다니.'

아무리 가상현실게임이라지만, 초보자에게는 이해하기 힘들 정도의 난이도였다.

물론 정현이 능력치를 체력보다는 힘과 민첩에 투자한 경향이 있지만, 그것을 생각하더라도 쉽지 않은 것만은 확실했다.

크르르…….

동료 중 하나가 전투 불능의 상태고, 처음부터 정현과 싸웠던 늑대는 HP가 바닥이다.

늑대 무리들도 긴장할 수밖에 없는 상황이었기에 양쪽 모두 섣불리 달려들지 못했다.

"……"

크르르!

상처 입은 맹수가 더욱 위험하다는 것을 말하려는지, 늑대들은 살기등등한 울음소리로 정현을 위협하였다.

'모험을 해야겠어.'

이대로 시간을 끌다간 새로운 늑대들을 만나게 될지도 모르기에 정현은 승부를 걸기로 했다.

'늑대의 공격으로 입는 데미지는 3~5 정도…… 그럼, 가자!'

타닥!

신속하게 지면을 박차고 나간 정현은 멀쩡한 늑대가 있는 정면으로 방향을 잡았다. 그러자 동료를 돕기 위해 억지로 몸을 움직이는 좌측과 우측의 두 마리 늑대가 보였다.

'강한 곳을 피하고 약한 곳을 공격한다. 전술의 기본이지.'

멀쩡하고, 가장 기세등등한 정면의 늑대를 상대로 측면을 내줬다.

좋게 생각하면 배짱 있는 행동이지만, 나쁘게 말하면 본인의 무덤을 판 꼴이라고 할 수 있다.

물론, 정현은 쉽게 당할 생각이 없으니 전자에 속했다.

콰직!

정현의 오른발이 HP가 바닥까지 떨어진 우측의 늑대를 거침없이 걷어차자, 기다렸다는 듯 정면에 있던 늑대가 허리춤을 물어 왔다.

마음으로는 이미 반격을 하고 목을 비틀어 버렸겠지만, 그러기 위해서는 근력과 민첩이 너무 부족하기에 정현은 단검을 비스듬히 세워 공격을 흘리는 정도로 만족하였다.

"어딜!"

서걱!

그렇게 공격을 방어하자마자 반격이 가해졌다.

애초의 목표는 늑대의 두 눈이었지만, 위기를 감지하고 고개를 숙인 탓에 이마 부분이 길게 찢겨졌다.

커엉!

고통으로 일그러진 짐승의 눈빛을 뒤로하고 정현은 앞으로 몸을 날렸다. 그러자 마지막 남은 세 번째 늑대가 지나간 자리를 물어뜯었다.

안도의 한숨을 내쉬었을까?

그때, 오른쪽 다리에서 통증이 느껴졌다.

"큭!"

[늑대의 이빨 공격에 [4]의 데미지를 입었습니다.]

정현에 의해 만신창이가 되었음에도 불구하고 아직 살아 있음을 증명하는 일격이었다.

날카로운 이빨이 틀어박힌 정현의 오른쪽 허벅지에서 피가 흘러내리기 시작했다.

"꺼져!"

콰직!

아우우우!

고통을 느끼게 한 분노를 담아서 옆구리를 강하게 후려친 정현의 발차기가 첫 번째 늑대를 쓰러트렸다.

커엉!

"가만히 좀…… 있으라고!"

이마에서 피를 흘리며 끈질기게 달라붙는 늑대의 모습에 정현은 앞차기로 움직임을 멈춘 다음, 이번에야말로 기회를 놓치지 않고 단검으로 눈동자를 베어 버렸다.

커엉!

"후우, 후우……."

찢어지는 비명 소리와 함께 늑대가 바닥에 주저앉았다. 그러자 마지막으로 남은 한 마리의 늑대가 비실거리는 움직임으로 앞발을 휘둘러 왔다.

"어딜!"

까강!

날카로운 발톱을 단검으로 막아 낸 정현은 지속적인 거친 움직임으로 빠르게 하강 곡선을 그리는 SP(Stamina Point)를 확인하고는 마무리를 짓기 위해 늑대의 품속으로 파고들었다.

"하앗!"

콰드득!

깨갱!

묵직한 소음과 함께 정현의 숄더 어택이 늑대의 가슴을 파고들었다.

무기를 제외한 기본적인 주먹 데미지가 적용되었지만, 무방비 상태의 크리티컬 공격인 탓에 늑대는 그대로 고개를 떨어트렸다.

띠링!

[레벨이 상승하였습니다.]

['아스' 마을의 사람들이 결코 믿지 못할 놀랄 만한 전투를 경험했습니다. 변변한 장비도 없이 비슷한 수준의 대상을 동시에 셋이나 상대한 업적을 자랑한다면, 술집에서 안주 정도는 공짜로 내줄지 모릅니다.]

[대단한 전투를 승리하여, 명성치(+5)가 상승하였습니다.]

[쉬지 않는 움직임과 날카로운 공격으로 체력(+1), 근력(+1)이 상승하였습니다.]

"하하…… 하하하하!"

리얼(Real)의 세계에서 몬스터란 상당히 강력한 존재다.

평범한 장비를 사용한다면 동일 레벨의 몬스터를 두 마리 이상 상대하기가 힘들 정도니, 말 다했다.

그런 만큼 정현이 보여 준 전투는 다른 유저들이 본다

면 사기나 버그라고 소리를 질러도 이상하지 않을 정도다.

애초에 보통의 사람이 늑대라는 맹수를 상대로 무기인 단검을 놔두고 겁도 없이 발차기 등을 하는 것 자체도 쉽게 볼 수 없는 경우니 말이다.

"후, HP와 SP가 바닥이군."

이번 전투로 체력이 상승하여 총량이 30이 된 HP는 6이 남았고, 마을을 나설 때 95%였던 SP는 격렬한 전투로 인해 37%를 유지하고 있었다.

'생각보다 쉽지 않아.'

게임 오버를 당하면 경험치가 하락하는 것은 물론이고, 스킬의 숙련도와 장비 아이템의 손실…….

게다가 현실의 시간으로 하루 동안 접속을 할 수 없게 되니, 유저들에게는 무엇보다 피하고 싶은 페널티였다.

'SP는 처음 지급된 딱딱한 호밀빵을 먹으면 되니까. HP는 자연 회복이 될 때까지 조금 걸리겠는걸.'

정현은 그렇게 생각을 정리하고, 아직 남아 있는 늑대의 시체로 다가갔다.

전투가 끝났으니, 이제 전리품을 거둘 때다.

정현은 유일한 무기인 단검을 들고, 자세를 낮춰서 어설픈 동작으로 늑대의 가죽이나 발톱 등을 채취하기 시작했다.

'스킬이 있으면 편할 텐데, 어쩔 수 없지.'

　NPC에게 대가를 주고 스킬을 배울 수 있지만, 어느 스킬에나 능력치의 요구 조건이 붙어 있기 때문에 현재 정현의 상태로는 습득하기가 힘들었다.

　그렇기 때문에 효율도 떨어지고, 시간도 오래 걸리지만, 하나하나 직접 움직여서 아이템을 얻는 것이 돈을 벌 수 있는 유일한 방법이었다.

　사삭, 사사삭!

　[늑대의 최하급 가죽을 습득하였습니다.]

　[늑대의 발톱 [3]을 습득하였습니다.]

　정현의 어설픈 도축이 마무리될 때쯤, 습득물이 자동으로 아이템 창으로 이동되었다.

　아무리 현실성을 중요시한다고 하지만, 모든 아이템을 실제로 늘고 다닐 수는 없기 때문에 이런 부분에 있어서는 과거 RPG게임과 같은 방식을 따르고 있었다.

　'일단 마을로 돌아갈까?'

　아직 HP가 충분히 회복되지 않았기 때문에 아까처럼 다수의 늑대가 달려든다면 꼼짝없이 게임 오버를 당할 판이다.

　보통의 유저들이라면 레벨이 6~7 정도 될 때까지는 토끼와 여우를 사냥해서 안전하게 성장했지만, 이미 늑대와의 긴장감 넘치는 전투를 경험한 정현은 토끼와 여우를 잡을 생각 같은 것은 추호도 없었다.

“오오, 테라로군.”

“이번에 늑대를 세 마리나 사냥했다지? 정말 대단한 녀석이야.”

정현이 아스 마을로 귀환하자, 입구에 있는 경비병들이 이전과는 다른 반응을 보였다.

이제 겨우 12밖에 되지 않는 명성이지만, 초보자 마을의 NPC여서 그런지 정현을 감탄 어린 시선으로 바라보았다.

‘지금까지와 다른데? 그렇다면 혹시······.’

정현은 망설이지 않고 곧장 마을의 중앙에 있는 촌장의 집으로 향했다.

잠시 후에 촌장의 집에 도착한 정현에게 촌장 켄델도 경비병들과 마찬가지로 전과는 다른 반응을 보여 주었다.

“오오, 정말 수고가 많았네. 숲의 약초나 과일을 채집하러 가는 마을 사람들을 괴롭히는 늑대들이 이번에 뜨거운 맛을 보았다지?”

“당연히 해야 할 일을 하였을 뿐입니다.”

띠링!

[‘아스’ 마을 촌장 켄델의 호감도가 대폭 상승하였습니다.]

[켄델은 당신의 일이라면 마시던 술잔도 내려놓고 기꺼이 도움을 줄 것입니다.]

[마을에서의 다양한 편의를 제공받을 수 있습니다.]

[퀘스트의 요구 조건을 클리어하셨습니다.]

정현의 겸손한 태도가 마음에 들었는지 호감도가 대폭 상승하였고, 명성치와 호감도를 모두 요구 조건 이상으로 갖추었기에 퀘스트를 수행할 수 있다는 메시지가 화면을 장식했다.

'성공이군.'

정현은 초보자 마을에서의 마지막 목표가 될 '무엇'을 접할 수 있는 길이 열렸다는 것을 깨닫고, 작게 주먹을 쥐어서 파이팅 포즈를 취했다.

수많은 초보 유저들이 도전했던 각 초보자 마을의 촌장들이 주는 최고 난이도의 퀘스트!

"제가 아스 마을을 위해서 할 수 있는 일이 더 있을지 궁금하군요."

"오오, 그래. 자네라면 해낼지도 모르겠군. 얼마 전의 일이라네. 숲에서 사는 늑대들이……."

띠링!

[아스 마을의 위협]

등급 : D

설명 : 평화로운 아스 마을에 위기가 닥쳤다.

사납긴 하지만, 결코 숲을 벗어나지 않는 늑대들이 수상한

"아스 마을의 위험을 두고만 볼 수 없지요. 제가 해결하겠습니다."

"정말 믿음직스럽군. 하지만 조심하게. 사실인지 아닌지는 모르겠지만, 오웬의 말에 의하면 회색 털을 가진 늑대는 갈색 늑대의 배에 달하는 덩치를 가졌다더군."

걱정 섞인 촌장의 멘트를 뒤로하고 정현은 잡화점으로 걸음을 옮겼다.

늑대 가죽은 퀘스트를 위해 남겨 둬야 하지만, 발톱과 같은 물품은 얼마든지 판매를 할 수 있었다.

'예상보다 빠르지만, 문제는 없겠지. 그건 그렇고 레벨 13의 몬스터라…… 가능할지 모르겠네.'

이미 인터넷을 통해 정보를 알아본 정현은 초보자 마을의 마지막 퀘스트 보스가 레벨 13의 그레이 울프(Grey

Wolf)라는 것을 잘 알고 있었다.

'일단 에밀의 고민거리 퀘스트를 수행해 레벨과 능력치를 올려놓고 생각해야지.'

능력치는 올리고 싶다고 올라가는 것이 아니지만, 아무튼 정현은 그렇게 결심했다.

리얼(Real)을 시작한 뒤 생긴 첫 번째 목표이자 사냥감……

가상의 공간을 걷고 있는 정현의 눈동자가 진지하게 반짝거리기 시작했다.

◆　◆　◆

—자, 오늘도 즐거운 리얼(Real)의 세계를 여행해 보도록 하겠습니다.

—여러분 반갑습니다. 항상 중요한 소식만을 전해 드리는 MC 정우입니다.

—앗! 치사하게 혼자만 소개하기예요?

—하하하, 요즘은 자기 PR 시대라죠.

—이이이……!

—화경 양, 시청자 분들께서 보고 계십니다.

—어머, 무슨 일 있었나요?

체육관의 한쪽 벽을 차지하고 있는 벽걸이형 TV에서

신나는 배경음의 방송이 시작되고 있었다.

　20대 중반 정도로 보이는 전형적인 동양인의 외모를 지닌 MC 정우와 금색으로 염색한 긴 머리가 인상적인 MC 화경은 가상현실게임 리얼에 대한 다양한 정보를 전해 주는 프로그램의 MC를 맡고 있었다.

　—오늘은 초보자를 위한 특집 프로그램 시간입니다. 자자, 어떤 내용이 준비되었는지 궁금하군요.

　—호호, 오늘은 내용보다 다른 것은 준비했지요. 자아, 게일 님 나와 주세요.

　화경의 말이 끝나기 무섭게 화면에 새로운 사람이 등장했다.

　20대 초반 정도로 보이는 슈트 차림의 말쑥한 남성이었다.

　"응? 게일이라면…… 와우, 리얼 공식 랭킹 5위의 유저잖아."

　한참 런닝머신 위에서 달리며 TV를 보고 있던 정현의 귓가에 트레이너인 준석의 목소리가 스쳤다.

　물끄러미 옆을 바라보자, 멋쩍은 미소를 지으며 준석이 말했다.

　"정현이가 리얼에 관심이 있는 줄 몰랐는데?"

　"……"

　딱히 게임에 빠져 있다는 것이 자랑은 아니기에 정현은

침묵하며 런닝머신을 달리는 한편, 시선은 TV에 고정시켰다.

—하하하, 정말 그때는 아찔했습니다. 하지만 도전이란 그래서 더욱 가치 있는 것이 아니겠습니까?

—대단하시네요. 던전이란 것이 쉽게 클리어할 수 있는 것이 아닌데.

정현이 준석을 향해 시선을 돌린 사이, 방송은 MC와 게스트인 게일의 대화로 화기애애하게 진행되고 있었다.

—자, 그럼 본격적으로 시작해 볼까요?

—헤헤, 첫 번째 질문입니다. 아스란에서 활동하고 계신 레벨 21의 검사 아르 님입니다. '사냥이 너무 힘들어요. 저와 비슷한 20레벨의 몬스터들을 사냥하고 있는데, 솔플로는 두 마리 잡기도 힘드네요. 원래 이렇게 힘든가요?' 라고 질문해 주셨네요.

—많은 분들이 공감할 수 있는 질문이군요. 저도 MC이기 이전에 리얼을 하는 유저로서 평소 게임의 난이도에 대한 불만이 많았습니다.

고개를 끄덕거리며 질문에 대한 관심을 가득 담고 게일을 바라보는 두 MC의 모습에 정현도 집중했다.

자신은 사냥에 대한 별다른 생각이 없지만, 과연 다른 사람이나 리얼에서 고수라고 알려진 '게일' 은 어떠한 생각을 갖고 있는지 궁금했기 때문이다.

─음, 저도 평소부터 생각하고 있던 내용입니다. 확실히 가상현실게임 리얼(Real)의 난이도는 여타의 게임들과는 궤를 달리하니까요.

─그럼, 혹시 특별한 노하우 같은 것이 있으신가요?

기다렸다는 듯 깊숙이 파고 들어오는 화경의 모습에 게일은 미소를 지으며 답했다.

─그러니 제가 오늘 출연한 것이 아니겠습니까? 하하하, 물론 완벽한 해답이라고는 할 수 없지만, 확실한 개념을 일깨워 드리고 주의해야 할 점을 알려 드리는 것 정도는 가능합니다.

─와아, 벌써부터 기대가 되네요.

"응? 리얼 방송 하냐?"

화경의 환호 소리에 이어서 트레이너인 문수의 목소리가 들려왔다.

어느새 정현의 왼쪽 런닝머신 위에서 달리기를 시작하는 문수의 모습에, 오른쪽에서 달리고 있는 준석이 씨익 웃으며 말했다.

"방금 시작했어. 그런데 정현이도 리얼(Real)을 하는 것 같더라고."

"엥? 정말이야? 믿기 힘든데."

고개를 갸웃하는 문수의 반응에 준석은 말없이 손을 들어서 옆을 가리켰다.

“에?”

의아한 문수의 시선에 TV에 못 박힌 듯 고정된 정현의 모습이 들어왔다.

완전히 리얼의 방송 프로그램에 몰두한 눈빛을 보며 이해했다는 듯 말했다.

“아무리 리얼이 재미있다고 해도 설마 했는데, 정현이까지 하고 있을 줄이야.”

“흐흐흐, 이 나이 먹은 우리도 하고 있는데, 정현이라도 별수 있겠어?”

문수와 준석은 득의양양한 태도로 떠들다가 정현이 아무런 반응이 없자 시선을 돌려 TV에 집중했다.

─몬스터들이 강한 것은 맞습니다. 하지만 많은 경험치를 순다는 것노 문녕한 사실이쇼. 셜국 다른 게임늘과 비교해도 시간대별 경험치의 획득량은 별 차이가 없습니다.

─그렇군요. 하지만 몬스터들이 강한 만큼 게임 오버를 당할 위험도 크고, HP나 MP를 회복하기 위한 소모성 아이템의 소비도 더욱 많을 텐데요?

─맞습니다. 그렇기 때문에 리얼의 사냥은 파티 플레이와 장비의 성능…… 마지막으로 유저의 컨트롤 능력이 무엇보다 중요하다고 할 수 있습니다.

─파티 플레이와 장비는 당연한 말씀이신데, 컨트롤에

대해서는 잘 모르겠네요.

화경이 귀엽게 고개를 갸웃거리자, 게일이 희미한 미소를 지으며 말했다.

—저는 리얼이라는 게임에 많은 관심을 갖고 있습니다.

—갑자기 무슨 말씀이신지…….

—단순히 좋아하는 것을 넘어서 최고가 되고 싶었거든요. 그래서 많은 것들을 조사했고, 덕분에 도움이 되는 정보도 많이 얻을 수 있었죠.

—그게 어떤 정보인지, 너무너무 궁금하네요.

시청자들의 호기심을 유발하기 위해 적극적으로 게일과의 대화에 동참하는 화경과 정우였다.

—리얼이라는 게임을 개발하기 위해 참여한 것은 단순히 유명한 프로그래머나 과학자들뿐만이 아닙니다.

—……그럼?

—바드나 댄서와 같은 직업을 위해 실제 프로들이나 아마추어들 중에서도 손꼽히는 우수한 인재들이 작업에 참여해야 했고, 미각을 제대로 구현하기 위해서 요리사는 물론이고 다양한 분야의 과학자들과, 하다못해 와인이라는 한 종류의 음료를 위해 파격적인 조건과 대우로 유명한 소믈리에(Sommelier)까지 섭외해야 했습니다.

—헤에…….

마치 선거에 나가는 후보처럼 열변을 토하는 게일의 모습이 신기했는지, 약간 멍한 표정으로 탄성 소리를 내던 화경은 곧 정신을 차리고 새로운 질문을 던졌다.

―그, 그렇다면 상상도 못할 정도의 개발 시간과 개발비가 들었을 텐데요?

―물론입니다. 한때 우리나라에서 가장 거대한 게임 기업인 (주)웅비의 파산 소문이 나돌았을 정도였으니……아무튼 그렇기 때문에 가상현실게임 리얼(Real)이 여타의 가상현실게임들을 제치고 부동의 1위를 유지하고 있는 것이 아니겠습니까?

―하아, 정말 대단하네요.

―……그런데 이게 사냥의 노하우와는 무슨 관계가 있는 것이죠?

의외로 멀뚱멀뚱 가만히 있던 정우가 핵심을 집어 냈다.

날카로운 지적에 잠시 움찔했던 게일은 이제 시작이라는 듯, 희미한 미소를 지으며 말했다.

―하하하, 제가 말씀드리던 내용들과 똑같습니다. 미각을 비롯한 여타의 감각들을 위해서 많은 전문가들이 참여한 것처럼, 전투 시스템을 위해서 수많은 현역 격투기 선수들은 물론이고 인체에 대해 누구보다 잘 알고 있는 의사와 생물학자 등 가장 많은 숫자의 인력이 참여했기 때

문입니다.

―……?

―아, 설마 그 말씀은!

아직도 의아한 표정을 짓고 있는 화경과 다르게 무엇인가 깨달았다는 듯 감탄사를 내뱉는 정우를 보며, 게일은 손가락으로 작은 원을 만들어 보였다.

―맞습니다. 리얼의 전투에서 벌어지는 세세한 움직임 하나하나가 무한한 가능성을 내포하고 있습니다. 간단히 예를 들면, 주먹으로 적을 가격할 때의 부위나 적의 방어 상태로 인해서 데미지가 가감되는 것은 기본적인 것입니다.

―그게 기본이라니요!

어이없다는 듯 빽 하고 소리를 지르는 화경의 눈빛에 불만이 서렸다.

평소 쉬는 시간만 생기면 리얼을 플레이하는 그녀로서는 적을 공격할 때 필요한 노하우들을 기본으로 취급하는 게일이 얄미웠기 때문이다.

―후훗, 제 이야기를 더 들어 보신다면 그렇게 생각하실 수밖에 없으실 겁니다. 혹시 적을 공격할 때의 타이밍에 대해서 생각해 보신 분이 계십니까?

―타이밍 말씀이십니까?

―적이 호흡을 들이켰을 때 꽂히는 정확한 일격이라면?

후훗, 더 이상 물러설 공간이 없을 때 가해지는 무자비한 공격이라면? 상황에 따라서 상대방에게 주는 데미지를 증폭시킬 방법은 무한합니다.

"와! 저게 사실일까?"

"흠, 놀라운 일이네. 하지만 이 정보를 얻었다고 해서 실제로 그것이 가능한 사람이 몇이나 될까?"

생각지도 못한 유용한 정보에 고개를 주억거리며 리얼을 플레이할 때 시험을 해 보겠다고 다짐하던 문수와 준석의 시선이 어느 한순간 못 박힌 듯 정현을 향해 고정되었다.

'이 녀석이라면……'

'설마, 이 괴물 같은 녀석도 리얼을 하는 것 같은데.'

긴장된 표정을 짓고 있는 두 트레이너들과 다르게 정현의 입가에는 짙은 미소가 매달려 있었다.

❖　❖　❖

"오오, 해냈구먼. 자네의 실력은 익히 알았지만 이렇게 빠른 시간 내에 해결할 줄이야."

"해야 할 일을 했을 뿐입니다. 다음에도 이런 일이 있다면 얼마든지 해결해 드리겠습니다."

띠링!

['아스' 마을의 방어구 상점 주인 에밀의 호감도가 대폭 상승하였습니다.]

[에밀은 당신이 구입하는 모든 물품에 대하여 만족감을 표시할 수 있도록 최선을 다할 것입니다.]

[방어구 상점에서 아이템을 구입 시 3% 할인된 가격이 적용됩니다.]

[퀘스트의 요구 조건을 클리어하셨습니다.]

[보상으로 돈(+2S)과 명성치(+8)가 주어집니다.]

"스테이터스 창 오픈."

[Player Status]

닉네임 — [테라]

레벨 — [Lv. 9]

클래스 — [노비스(Novice)]

칭호 — [無]

명성 — [27 / 초라한]

근력 — [5] / 민첩 — [5] / 체력 — [4]

지능 — [1] / 집중 — [2] / 행운 — [2]

HP — [40] / MP — [20] / SP — [97%]

공격력 — [5]+5 / 방어력 — [4]+3

공격 속도 — [0.05%]

회피율 — [0.02%]

크리티컬 ― [0.02%]

속성 ― [無]

Point ― [0]

레벨이 9까지 올라가는 동안 많은 일들이 있었다.

그래 봐야 시간상으로 사흘이 지나서 처음 보상으로 받았던 칭호인 튜토리얼의 수료자가 사라진 것뿐이지만, 능력치의 변화를 보면 고개를 끄덕일 수밖에 없을 것이다.

'처음과 비교하면 근력[2], 민첩[3], 체력[2], 집중[1], 행운[1]이 올랐군. 괜찮은 건가?'

만약 정현이 시간을 조금만 투자해서 다른 유저들이 올린 조보사 마을의 성험남을 읽는다면, 내나우의 사람들이 마을을 벗어날 때까지 능력치를 2~3개 정도밖에 올리지 못했다는 것을 알 수 있을 것이다.

[날카로운 단검]

등급 : 노멀(Normal)

계열 : 무기

재질 : 철

제한 : 근력[2], 민첩[3], 집중[2]

공격력 : 5

옵션 : 無

내구력 : 8(12)

설명 : 초보자 마을에서 판매하는 단검치고는 믿기 힘들
정도의 공격력을 갖고 있다. 하지만 너무 날카롭게 날을
세운 탓에 내구력이 약해서 금방이라도 부러질 것 같다.
그것을 경고하는지, 검의 손잡이에는 '조심해서 사용하자'
라고 적혀 있다.

"무기도 교체했고, 이제 남은 것은 하나뿐인가?"

정현은 퀘스트 창에서 유일하게 반짝거리고 있는 D등
급의 퀘스트인 '아스 마을의 위협'을 체크했다.

레벨이 10이 되기 전에 도전할 수 있는 초보자 마을 최
고의 퀘스트였다.

보상으로 자그마치 완제품인 장비 아이템을 얻을 수 있
는 쉽지 않은 기회이기도 했다.

'초보자 마을에서 번 돈을 단검과 SP 회복용 음식을
구입하는 데 모두 소비했으니, 이 퀘스트를 통해 새로운
장비를 구하는 수밖에……'

게임이 오픈한 지 3개월이 지났지만, 대부분의 유저들
이 아직 상점제 무기나 퀘스트의 보상으로 주어지는 아이
템을 사용하고 있었다.

그 이유로 가장 크게 꼽히는 것은 보스를 레이드해도

완제품인 아이템을 주지 않기 때문이다.

사냥으로 얻을 수 있는 것은 아이템을 제작할 수 있는 재료뿐이기 때문에 상점에서 판매하는 노멀 등급을 제외한 장비들을 무척이나 귀했다.

그 덕분에 재료를 모아서 아이템을 제작할 수 있는 생산 계열의 직업을 가진 유저들도 무시받지 않고 리얼의 세계에서 당당히 활동할 수 있었다.

"이야, 이번에도 늑대를 사냥하러 가는 거야? 정말 대단하다니까."

"힘내라고. 우리는 마을을 지켜야 해서 도와줄 수는 없지만, 마음속으로는 늘 응원하고 있으니까."

아스 마을의 입구에서 힘차게 소리치는 경비병들을 뒤로하고 정현은 숲 속으로 이동했다.

SP를 회복시킬 딱딱한 호밀빵도 충분히 구입을 해 두었기 때문에 정현의 걸음에는 망설임이 없었다.

'TV를 보면서 깨달았다.'

시원한 바람과 하늘하늘 떨어져 내리는 나뭇잎들을 감상하며 정현은 조용히 되뇌었다.

진지한 태도로 무엇인가를 깊게 고민하는 모습은 과거 '팀'의 동료들이 봤다면 독종 녀석이 또 시작했다며 기겁을 할 만한 장면이었다.

'리얼의 세계는 게임이지만, 단순히 게임으로 정의 내

릴 수 없는 복잡한 법칙이 존재한다.'

게일의 존재는 정현의 뇌리에 잠들어 있던 경쟁심과 투쟁심을 일깨웠다.

자신보다 앞서 나가고 있다는 것이 명확한 경쟁 대상자의 모습을 직접 확인하게 된 것이다.

게다가 적선이라도 베풀듯 방송을 통해 본인이 가지고 있던 값진 정보들을 제공했다.

'자신 있다는 것인가? 우습군.'

정현은 게일이 말한 내용을 통해서 리얼의 세계가 가진 무한한 가능성을 깨달았다.

그렇기 때문에 더욱 분하고, 이를 악물었다.

스스로가 해낸 것이 아니라, 남이 만들어 준 기회로 인해서 얻은 결과물이기 때문에…….

크르르!

"……기다렸다. 와라!"

수풀이 들썩이기 시작하더니, 하나둘씩 지저분한 갈색 털을 휘날리는 늑대들이 모습을 드러냈다.

처음 세 마리의 늑대를 상대하고 비틀거리던 정현이 아니다.

9레벨까지 올리면서 있었던 능력치의 성장과 새로운 무기의 구입으로 전투력이 두 배 가까이…….

아니, 지금부터 새롭게 변할 정현을 생각하면 눈앞에

등장한 세 마리의 늑대는 그저 가소로울 뿐이었다.

커엉!

선두에 있던 늑대가 몸을 날려서 이빨을 드러냈다.

'집중해라, 할 수 있다.'

정현의 눈동자가 움직임을 멈췄다.

지금 이 순간 세상이 멸망한다고 해도 흔들리지 않을 것 같은 절대의 부동심(不動心)!

소름이 끼칠 정도의 집중력으로 정현은 자세를 낮췄다. 늑대의 날카로운 이빨이 아슬아슬하게 머리 위를 스쳐 지나갈 때까지…….

'아니, 이게 아니다.'

종잇장 하나를 생각했는데, 책 한 권 정도의 공간을 두고 회피해 버리고 말았다.

아우우우!

이번에는 좌측에서 덮쳐 왔다.

매섭게 바람을 가르는 갈색 늑대의 발톱이 정현의 옆구리를 노려 왔다.

"큭!"

좌악!

[늑대의 발톱 공격에 [2]의 데미지를 받으셨습니다.]

이번에도 틀렸다.

정현이 원하는 것은 공격을 피하는 것이 아니었다.

완전무결(完全無缺)한 움직임!

그것을 통해 최소한의 동작으로 공격을 피하며, 바로 반격을 가할 수 있는 공방일체의 전투 스타일을 원하는 것이다.

'적의 공격을 필요 이상의 움직임으로 피하게 된다면 안전할지는 몰라도 반격할 수 있는 시간은 줄어든다. 만약 그것이 가능해진다면 지금의 한계를 벗어날 수 있을 것이다.'

정현은 확신했다.

게일이 할 수 있다면 자신도 할 수 있을 것이라고…… 아니, 오히려 더욱 대단하고 엄청난 일을 해낼 것이란 사실을!

'집중해라, 집중해!'

크르르…….

반격도 하지 않은 채 피하기만 하는 정현을 보며 의아한지 머뭇거리다가, 결국 야성의 본능은 못 속이는지 거친 울음소리와 함께 늑대들이 달려들었다.

'하나하나 세밀하게 조정한다.'

캐릭터의 모든 움직임에 의지를 담았다.

간단한 스텝을 밟을 때도 조금의 여유조차 없을 정도로 스스로를 몰아붙였다.

늑대의 공격을 회피하고 반격을 가할 때도 뻗는 주먹의

타이밍, 각도 등 완벽을 기하기 위해서 노력했다.

콰직!

[늑대에게 [5]의 데미지를 주었습니다.]

'부족해.'

늑대가 달려들었다.

몸을 뒤로 젖히면서도 주먹은 최단거리를 가로질러서 늑대의 가슴팍을 후려쳤다.

"커엉!"

퍼억!

[놀라운 타이밍으로 반격을 성공시켰습니다. 추가적인 데미지가 부여됩니다.]

[늑대에게 [9]의 데미지를 주었습니다.]

'아직이야.'

이번에는 두 마리의 늑대가 동시에 정면에서 달려들었다. 각기 오른손과 왼손을 물어뜯기 위해 날카로운 이빨을 드러냈다.

그 순간 정현의 눈동자에 달려오는 두 마리 늑대의 사이 공간이 뚜렷하게 각인되었다.

'30cm 정도? 해 보자.'

타닥!

지면을 박차고 마주 달렸다.

갑작스러운 정현의 돌진에 당황했는지, 달려오는 늑대

들의 움직임이 늦춰졌다.

정현의 노림수가 정확히 먹혀들었다.

'바로 지금!'

휘리릭!

오른발을 축으로 정현의 몸이 현란하게 회전했다.

자연스럽게 늑대들의 공격이 빗나갔고, 그 순간 정현은 약 30cm 정도 되는 늑대들의 틈에 위치했다.

"이얍!"

콰지직!

소름이 돋을 정도로 섬뜩한 소음이 사방을 뒤흔들었다.

늑대의 가슴을 파고든 정현의 무릎은 인정사정없이 장애물인 갈비뼈들을 박살을 내 버렸고, 늑대는 그 일격으로 피를 토하며 침묵해 버리고 말았다.

띠링!

[능력치의 한계를 돌파하는 놀라운 경험을 하였습니다.]

[박진감 넘치는 전투의 중심에서 보여 준 예술과도 같은 움직임은 사람들에게 화제가 될 것입니다.]

[낮은 레벨에서 일격으로 늑대를 사냥하는 위대한 업적을 세웠습니다.]

[근력(+2), 민첩(+1), 집중(+1)이 향상됩니다.]

[지금의 행동을 스킬로 생성 가능합니다. 스킬 '카운터 어택(Counter Attack)'을 생성시키시겠습니까?

Yes / No]

모든 상황은 순식간에 지나갔다.

늑대들이 나타난 시점부터 정현의 놀라운 일격이 발휘되기까지, 그야말로 폭풍과도 같은 진행이었다.

'스킬이 생겼다고? 어쩌지?'

NPC나 스킬북을 통해서 배우는 스킬과 다르게 스스로 생성시킨 스킬은 제한조건이 없었다.

말 그대로 생성시키겠다고 Yes를 클릭하면 그대로 되는 것이다.

하지만 반면에 어떠한 정보를 가졌는지 생성시키기 전까지는 아무것도 알 수 없는 것이 생성 스킬이었다.

'일단 이름만 살펴보면 근접된 상황에서 사용할 수 있는 액티브 스킬인 것 같은데.'

정현이 망설이는 이유는 간단했다.

가상현실게임 리얼의 스킬 성향 시스템 때문이었다.

'보유하고 있는 스킬과 반대되는 성향의 스킬을 익히거나 할 때는 배에 달하는 페널티나 요구 조건이 필요하지. 그렇기 때문에 함부로 스킬을 익히다가는……'

초보자 때 사냥이 힘들다는 이유로 상점에서 파는 배쉬(Bash) 스킬을 익힌 성직자 계열의 유저가 나중에 회복 스킬을 배울 수 있는 15레벨 때 그 페널티로 인해서 스킬을 배우지 못하고 25레벨까지 노가다를 했다는 등의 이야기는 홈페이지에서 흔하게 들을 수 있는 에피소드였다.

'내 짐작으로는 상당히 좋은 스킬로 보이는데.'

자그마치 4개에 달하는 능력치가 상승하며 생성된 스킬이었다.

상식적으로 생각해도 결코 부족한 스킬은 아닐 것이다.

다만, 정현이 걱정한 것은 스킬의 성향 때문에 앞으로 성장해야 할 방향에 어떠한 걸림돌이 되지 않을까, 망설인 것이다.

"Yes!"

띠링!

[스킬 '카운터 어택(Counter Attack)이 생성되었습니다.]

[보유하고 있는 스킬을 확인하려면 스킬 창을 활성화시키면 됩니다.]

"스킬 창 오픈."

[카운터 어택(Counter Attack)]

계열 : 액티브(Active)

등급 : 초급 Lv. 1(0.00%)

능력 : 데미지(+10) / MP(—3)

설명 : 상대방의 공격을 종이 한 장 차이로 피함과 동시에 반격한다.

후발선제(後發先除)의 묘리가 숨겨져 있어서 스킬의 운용이 극에 달하면 상대방의 공격이 닿기 직전의 타이밍에도 반격이 가능하다고 한다.
[현재 스킬 레벨 1이 적용되고 있습니다.]
[일정 확률로 스킬 공격 대상자에게 특수상태 '스턴'이 적용됩니다.]
[10%의 확률로 상태이상 스턴 — Lv. 1이 사용됩니다.]
[스킬 시전 시 순간 공격 속도에 30%의 가산점이 부여됩니다.]

"이, 이건……."

아직 게임의 초보라고 할 수 있는 정현의 눈에도 결코 심상치 않게 보이는 스킬이었다.

비록 스킬을 제대로 사용하기 위해서는 종이 한 장 차이로 적의 공격을 회피하는 컨트롤이 필요하지만, 초급 1레벨에도 상당한 데미지와 특수상태 중 가장 유용한 '스턴'을 일정 확률로 적용할 수 있다는 것은 큰 메리트였다.

'지금의 MP로는 총 6번을 사용할 수 있군.'

나쁘지 않은…… 아니, 다른 근접 전투 계열의 유저들이 본다면 갖고 싶어서 안달이 날 정도의 스킬이었다.

그만큼 방금 정현이 만들어 낸 전투가 놀랍고 대단한 수준이기에 프로그램이 이러한 스킬을 생성시킨 것이었다.

크르르…….

"응?"

그렇게 정현이 기쁨을 만끽하고 있는 순간에 방해꾼이 끼어들었다.

사촌이 땅을 사면 배가 아픈 것이 세상의 이치!

정현의 성장을 질투라도 하듯 세 마리의 늑대가 다시 모습을 드러냈다.

'이런, 너무 흥분을 했나? 접근하는 것도 눈치 못 채고, 그래도 HP도 충분하니 세 마리 정도는…… 어라?'

아우우우!

정현의 판단은 이른 감이 있었다.

세 마리의 늑대를 전면에 두고, 그늘진 숲 속에서 슬그머니 모습을 드러내는 회색빛의 늑대는 얼핏 보아도 갈색 늑대들보다 배에 달하는 덩치를 가지고 있었다.

씨익!

"드디어 나타나셨군!"

띠링!

[초보자 숲의 보스 몬스터 그레이 울프(Gray Wolf)가 등장하였습니다.]

[초보자 숲의 악몽! 강력한 약탈자! 그레이 울프를 사냥해서 송곳니를 촌장에게 가져간다면 그는 기쁨에 덩실덩실 춤을 출지도 모릅니다.]

[그레이 울프가 당신을 적으로 인식합니다. 강한 적대
감을 표출하고 있습니다.]

"훗, 어서 덤벼 봐."

정신없이 생성되는 반투명한 설명 창들을 무시하고 정
현은 입매를 비틀었다.

전투를 벌일 때마다 느껴지는 절대적인 생동감과 더불
어서 언제나 더욱 큰 것을 갈구해야만 했다.

이번 전투는 가상현실게임 리얼(Real)을 시작한 다음
가장 만족감을 느낄 수 있으리라!

아우우우!

띠링!

[그레이 울프가 스킬 '워 크라이(War Cry)'를 시전
했습니다.]

[강한 투지가 실린 포효 소리는 당신의 손과 발을 굳게
만듭니다.]

[저항할 수 있는 스텟이나 스킬이 없습니다.]

[민첩과 근력(—10%)이 하락합니다.]

"이런!"

한 번도 디 버프 스킬을 겪지 못한 정현은 당황할 수밖
에 없었다.

갑자기 무거운 짐을 들고 있는 것처럼 어깨가 무거워
졌고, 10km를 몇 번은 왕복한 것처럼 다리가 질질 끌

렸다.

커엉!

당황한 정현의 상태는 관심도 없다는 듯, 프로그램된 패턴대로 충실하게 적을 향해 달려드는 세 마리의 갈색 늑대들.

그 뒤로 회색 늑대가 흥미롭다는 시선으로 정현을 바라보았다.

'전투가 시작되면 침착하게…… 그리고 냉정하게!'

늑대들의 거친 숨소리와 맹렬한 적의가 느껴졌다.

비록 프로그램이지만, 이 가상의 세계에서는 현실이기도 하다.

"하앗!"

콰직!

힘찬 기합 소리와 함께 올려 차기로 날듯이 달려든 첫 번째 늑대의 턱을 박살 내 주는 정현.

이어지는 두 번째 습격은 오른손에 든 날카로운 단검으로 분쇄해 주었다.

푸욱!

"깨갱!"

콧잔등을 파고드는 섬뜩한 단검의 감촉에 자신의 정체성을 잃고 강아지처럼 낑낑대는 두 번째 늑대는 안중에도 없었다.

'마지막은 왼쪽!'

하얗게 삐쭉 솟구친 발톱들은 금방이라도 옆구리를 쓸어버릴 것 같았고, 방금까지 두 늑대의 공격을 막고 반격한 정현에게 피할 여유는 없어 보였다.

하지만…….

'쉽게 얻어지는 것은 없지. 피한다. 어떻게? 간단히는 안 되지. 아슬아슬하게…… 딱 종이 한 장 차이다.'

정현의 눈동자가 고정된 것처럼 수축과 이완을 멈췄다.

옆에서 무슨 일이 벌어지더라도 눈 하나 깜짝하지 않을 것 같은 놀라운 집중력이었다.

촤악!

[늑대의 공격을 완벽하게 회피하였습니다. 다만, 옷자락이 찢겨 내구력이 감소하였습니다.]

씨익!

마치 중심을 잃고 무너지는 것처럼 대각선으로 몸을 날려서 늑대의 공격을 회피한 정현의 입가에 섬뜩한 미소가 매달렸다.

"카운터 어택(Counter Attack)!"

서걱!

깨갱!

몸을 날리는 와중에 날카로운 단검이 휘둘러졌다.

갈색 늑대의 심장을 둘러싼 갈비뼈의 틈새를 정확히 훑

고 들어간 일격은 진한 혈향을 풍겨 내며 주인의 손에 회수되었다.

띠링!

[놀라운 수준으로 크리티컬 공격을 성공하였습니다.]

[다만, 평소보다 미숙한 움직임으로 능력치는 상승하지 않습니다.]

[갈색 늑대에게 [27]의 데미지를 주었습니다.]

"하하하……."

기본 공격력과 무기를 합친 수치는 10이다.

더불어서 스킬의 데미지인 10의 수치와 크리티컬의 추가 데미지인 7을 합하여, 전직도 하지 않은 캐릭터로 27이라는 놀라운 데미지를 만들어 낸 것이다.

'미숙한 움직임은 아마 워 크라이 스킬로 하락한 능력치 때문에 그렇겠지?'

움직임 자체는 나쁘지 않았지만, 순간순간 무거운 신체로 인해 약간의 타이밍을 잃을 수밖에 없었다.

하지만 새로 배운 스킬의 효용성과 그 능력을 만끽한 정현은 크게 만족하며, 쉽게 오지 않는 능력치 향상의 기회를 아쉬움과 함께 흘려버렸다.

띠링!

[지속적이고 격렬한 움직임으로 많은 SP를 소모합니다.]

[현재 남은 SP는 27%입니다.]

'윽! 하필 이런 때……'

정현이 인상을 썼다.

적은 HP와 MP까지 모든 것을 감수할 수 있는 정현에게도 현 상황에서 결코 해결할 수 없는 제약이 있었다.

그것이 바로 스테미너라고 할 수 있는 SP였다.

'완벽한 공격을 위해 신체의 근육 하나까지 조절해야 한다. 하지만 그렇게 한다면 항상 긴장되어 있는 신체에 많은 무리가 갈 수밖에 없지.'

아무리 정현이라고 해도 근육을 하나하나 조절할 수 있는 수준은 아니지만, 그러기 위해서 현재 노력을 하고 있는 중이고, 반대급부로 전투마다 부담을 안고 갈 수밖에 없는 캐릭터는 다른 유저들의 캐릭터보다 많은 SP를 소모하고 있었다.

'한 마리의 늑대를 사냥하는 데 약 10%가 소모되니까…… 후, 아이템으로 SP의 지속 회복도 가능하다고 하니, 나중에 꼭 구해 봐야지.'

반면에 절제된 동작과 완벽한 회피로 인해서 HP는 많이 남는 편이었다.

아무튼 결론은 현재 정현은 SP가 부족하고, 10% 이하부터는 1%의 SP가 줄어들 때마다 1%의 능력치가 하

락하기 때문에 꽤나 난감한 표정으로 살아 있는 두 마리
의 늑대와 관전을 하는 듯한 태도의 그레이 울프를 바라
볼 수밖에 없었다.

크르르…….

그렇게 생각을 정리하고 있는 사이, 동료의 죽음에 더
욱 흥분했는지 두 마리의 늑대가 좌우에서 덮쳐 왔다.

덥썩!

"큭!"

그레이 울프를 상대하기 위해 조금이라도 SP를 아끼고
자 소극적인 회피 동작을 취했던 정현은 생각보다 비싼
대가를 치러야만 했다.

띠링!

[늑대의 이빨 공격으로 [5]의 데미지를 받았습니다.]

날카로운 송곳니가 파고든 왼쪽 팔뚝의 통증이 예사롭
지 않았다.

"제길!"

콰직!

분노를 담은 사커 볼 킥으로 늑대를 강하게 걷어찼고,
3m 정도 튕겨 나간 늑대는 미약한 꿈틀거림으로 아직 죽
지 않았다는 것을 알렸다.

아우우우!

"윽!"

그 순간 쩌렁쩌렁하게 울려 퍼지는 포효 소리가 정현의 움직임을 경직시켰다.

그 주인공은 바로 갈색 늑대들의 뒤에서 정현을 흥미롭게 관찰하던 그레이 울프였다.

"그래, 이제 할 생각이 들었나?"

보스 몬스터의 인공지능이 혼자 싸우기는 정현이 위험한 상대라는 것을 계산했는지, 아직 두 마리의 갈색 늑대가 남아 있는 상황에 공격을 시작하려 했다.

크르르…… 컹컹!

정현의 시선이 그레이 울프로 향하자, 기회라고 생각했는지 좌측의 갈색 늑대가 송곳니를 드러냈다.

"어딜!"

서걱!

깨갱!

가벼운 회피 동작과 이어지는 반격이 날카로웠다.

날카로운 단검으로 갈색 늑대의 옆구리를 길게 그어 준 정현은 긴장을 늦추지 않고, 시선을 다시 그레이 울프로 향했다.

아우우우!

"……!"

아니나, 다를까?

정현의 시선이 돌아간 틈을 노린 것인지, 덩치에 맞지

않는 놀라운 스피드로 달려오는 그레이 울프의 기세가 만만치 않았다.

'빠르다.'

어느 쪽으로 피하더라도 몸의 반은 휩쓸릴 상황이었다.

확실히 13레벨도 레벨이지만, 보스 몬스터는 동 레벨의 몬스터들과는 비교할 수 없을 정도로 능력치가 높았다.

많은 능력치의 상승으로 보통의 유저들보다 뛰어난 민첩 수치를 가진 정현을 압도하는 놀라운 움직임…….

콰앙!

"컥!"

띠링!

[그레이 울프의 차지 공격을 받았습니다.]

[경갑 계열 이하의 방어구를 착용 시 추가 데미지를 받습니다.]

[데미지로 HP [16]이 하락합니다.]

'이럴 수가…….'

거의 100%로 차 있던 HP가 순식간에 60%로 떨어졌다.

날카로운 단검을 던져서 그레이 울프의 기세를 늦추고 몸을 뒤로 날리면서 피해를 최소화시킨 정현이었지만, 놀랍게도 데미지는 상상을 초월했다.

‘정면으로 맞았다면 한 방에 전투 불능 상태가 될 뻔했
군.’

일반적으로 이런 큰 데미지를 입을 때는 ‘스턴’과 같은
특수상태가 동반되곤 했다.

다행스럽게도 이번에는 아니었지만…….

정현은 점점 거세지는 심장의 박동을 느끼며 진한 미소
를 지었다.

‘그래, 이거다. 난 살아 있다. 이곳에! 그리고 싸운다.
적을 무릎 꿇려, 내 자신을 가치를 증명하기 위해서!’

금방이라도 정현을 난도질할 것 같은 날카로운 발톱과
번뜩이는 송곳니는 애교다.

심약한 사람들은 심장마비에 걸릴 정도로 흉악하게 일
그리진 그레이 울프의 얼굴과, 위협적으로 으르렁대는 울
음소리까지…….

정현에게는 몸서리칠 정도로 그리운 감각이었다.

캬오!

서걱!

“음!”

아슬아슬하게 피했다.

내구력이 하락하는 천 옷들을 느끼며, 정현은 집중하고
또 집중했다.

‘한 방이라도 제대로 허용했다가는 끝이다.’

바늘이 떨어지는 소리도 놓치지 않을 정도의 긴장감!

정현은 이를 악물고, 그레이 울프의 움직임을 뚫어져라 쳐다보았다.

크르르……

기세를 잡았다고 느꼈는지, 그레이 울프가 다시 한 번 세차게 정면에서 달려들었다. 그리고 뒤쪽 좌우측의 갈색 늑대 두 마리도 몸을 추스르고 배후를 노려 왔다.

"하앗!"

기합 소리와 함께 정현은 앞으로 몸을 날렸다.

덤블링에 가까운 묘기를 보고 당황한 세 마리의 늑대들은 아무것도 없는 허공을 헤집었고, 정현은 기회를 놓치지 않고 견제를 위해 투척했던 날카로운 단검을 들고 가장 가까운 거리의 갈색 늑대를 덮쳐 갔다.

콰직!

깨갱!

단순히 파고드는 것을 넘어서 뼈까지 박살을 내 버릴 정도의 거친 공격에 갈색 늑대 한 마리가 그대로 쓰러졌다.

커엉!

공격 후의 딜레이를 놓치지 않고 송곳니를 뽐내 오는 그레이 울프에게 정현은 앞차기로 견제를 시도했다.

터엉!

"큭!"

예상과는 다르게 충돌 후 일방적으로 튕겨진 것은 정현이었다. 게다가 설상가상으로 중심을 잃은 정현에게 갈색 늑대의 공격이 이어졌다.

촤악!

"큭!"

띠링!

[늑대의 이빨 공격으로 [3]의 데미지를 받았습니다.]

[늑대가 지속적인 공격을 시도합니다. 상처 부위에서 늑대를 떼어 내지 않으면 특수상태 '출혈'이 발생될 가능성이 있습니다.]

떨어질 생각을 하지 않고 과감하게 정현의 팔목을 물고 늘어지는 갈색 늑대의 행동에 정현은 몸을 일으키기 힘늘었다.

적어도 30kg는 될 법한 무게감이 워 크라이(War Cry)로 인해 하락된 능력치와 함께 넘어서기 힘든 제약으로 다가왔다.

커엉!

그러한 정현의 상태를 짐작했는지, 그레이 울프가 살벌한 울음소리와 함께 최후의 일격을 가해 왔다.

"으으…… 이야압!"

그 순간, 정현이 벌러덩 뒤로 몸을 눕히며 공중으로 발길질을 해서 팔을 물고 있는 갈색 늑대를 차올렸다.

콰직!

깨갱!

너무도 시기적절하게 이루어진 행동으로 인해 몸을 날려 정현을 향해 앞발을 휘두른 그레이 울프의 공격은 그대로 공중에 뜬 갈색 늑대에게 적중했고, HP가 얼마 남지 않았던 갈색 늑대는 그대로 숨을 멈췄다.

"하아, 하아…… 기다렸다!"

푸욱!

거기에서 그치지 않고, 공격을 끝낸 뒤 착지한 그레이 울프에게 가해진 날카로운 단검의 공격은 아무런 저항 없이 그대로 옆구리에 틀어박혔다.

캬오!

휘리릭!

옆구리를 불로 지지는 것 같은 통증에 반항적으로 앞발을 휘두르는 그레이 울프.

하지만 냉정함을 찾은 정현은 모든 공격을 읽고 있었고, 비스듬히 몸을 기울이며 아슬아슬하게 공격을 피해 냈다.

그리고 이어지는 반격…….

"카운터 어택!"

콰드득!

그레이 울프의 몸속으로 파고들어 정확히 심장이 있는 곳을 가격하는 맹렬한 정권!

뼈가 으스러지는 섬뜩한 소음과 함께 그레이 울프의 입에서 핏줄기가 뿜어졌다.

띠링!

[그레이 울프가 특수상태 '스턴'에 빠졌습니다.]

[스턴에 저항할 방법이 없습니다. 5초간 그레이 울프의 움직임이 멈춥니다.]

"하앗!"

끝이 아니다.

정권을 시작으로 정현의 움직임에 가속도가 붙었다.

그레이 울프의 고개를 돌려놓는 발차기부터 시작해서 재차 복부를 찌르는 날카로운 단검과 간간이 이어지는 고난이도의 격투 동작들까지, 물 흐르듯이 이어져서 샌드백처럼 그레이 울프의 몸을 두들겼다.

"하아, 하아…… 마지막이다. 와라!"

크어엉!

5초가 지나고 남은 것은 얼마 남지 않은 HP와 바닥난 SP로 헐떡거리는 정현과 전신이 피범벅이 되어 비틀거리면서도 상처 입은 맹수의 자존심을 불태우는 그레이 울프였다.

쒜엑!

날카로운 검을 휘두르면 이러할까?

성난 그레이 울프의 앞발들이 매섭게 정현의 좌우를 스치고 지나갔다.

6%밖에 남지 않은 SP 때문에 추가적으로 4%의 능력치가 더욱 하락한 정현은 이를 악물고 날카로운 단검으로 그레이 울프의 발톱을 쳐 냈다.

'하지만 이것도 곧 한계다. 막기만 해도 상당한 데미지가 들어오니.'

그레이 울프의 공격력은 정현을 훨씬 상회했다.

아무리 무기로 상쇄를 하려고 해도 능력치 차이는 어쩔 수가 없는 것이다.

'앞으로 10초…….'

서서히 줄어드는 HP를 확인하며 정현은 승부를 걸 수밖에 없다는 것을 깨달았다.

"하앗!"

휘익!

과감하게 날카로운 단검을 투척한 정현은 이를 악물고 몸을 날렸다.

거친 움직임으로 SP가 다시 줄어들었지만, 어차피 이번이 마지막이란 생각에 홀가분했다.

'나에게 주어진 마지막 공격…….'

크르르…….

상념을 깨는 날카로운 소음이 울렸다.

앞발을 휘둘러서 정현을 위협한 그레이 울프는 그래도 물러서지 않자, 적의가 가득한 눈동자로 정현을 응시하며 이빨을 딸깍거렸다.

"끝이다!"

크엉!

기다렸다는 듯이 정현을 향해 마주 달려오며 앞발을 휘두르는 그레이 울프의 동작이 마치 자신이 이겼다고 말하는 듯했다.

그 증거가 바로 압도적인 능력치를 바탕으로 한 박자 빠르게 정현을 향해 시작되는 공격이었다.

'지금!'

끼이익!

순간 정현의 몸이 급격히 정지했다.

앞발로 땅을 밀어서 속도를 줄이는 정현이었지만, 전력으로 달렸던 만큼 급제동은 불가능 할 것 같았다.

하지만 그 순간 발밑에서 빛나는 하얀 물체가 정현의 발을 가로막았다.

쐐에엑!

"크엉?"

정현의 눈앞을 아슬아슬하게 스치는 섬뜩한 발톱들.

어째서 헛발질을 한지 이해할 수 없다는 듯 기괴하게

일그러진 그레이 울프의 얼굴을 보며, 정현은 질주를 멈추기 위해 투척을 하여 땅에 박아 놓았던 날카로운 단검을 바라보며 회심의 미소를 지었다.

"카운터…… 어택!"

콰드득!

"아우우우!"

섬뜩한 파열음과 함께 정현의 정권이 재차 심장 위를 가격하였다.

정확히 들어간 일격에 그레이 울프의 처절한 비명 소리가 초보자 숲을 뒤흔들었다.

띠링!

[초보자 숲의 지배자 '그레이 울프(Gray Wolf)'를 물리쳤습니다.]

[처절한 사투를 통해 신체의 움직임과 생명력이 더욱 강해지는 것을 느낍니다.]

[근력(+1), 민첩(+1), 체력(+1)이 향상됩니다.]

[위대한 사냥으로 명성(+10)이 증가합니다.]

[퀘스트 아이템인 '그레이 울프의 송곳니'가 자동으로 획득됩니다.]

[레벨이 상승하였습니다. 10의 레벨을 달성하여서 초보자 마을에서는 더 이상 경험치의 상승이 이루어지지 않습니다.]

“하하, 하하하…… 결국, 해냈어!”

정신없이 떠오르는 반투명한 설명 창들은 관심 밖이었다.

지금 정현에게 중요한 것은 삶의 가장 격렬했던 시절을 생각나게 하는 생동감과 성취감…… 바로 그것이었다.

4
선택

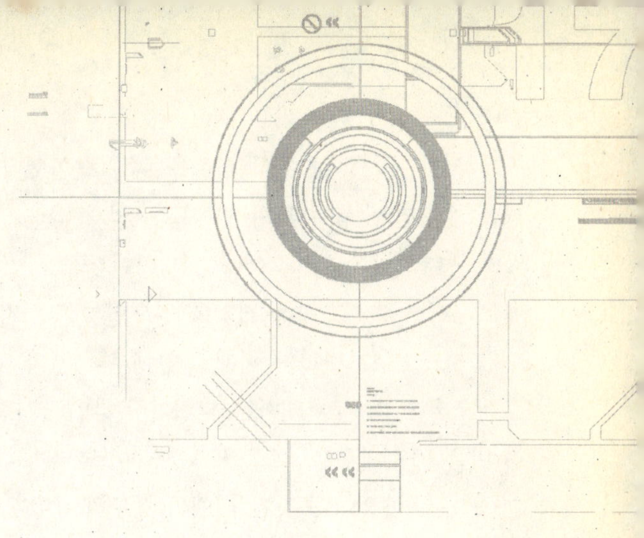

와아아아!

웅성거리는 소리와 함께 간간이 환호성이 터져 나왔다.

본격적으로 '테라'의 세계로 이동하기 전 존재하는 수많은 초보자 마을 중 하나인 아스에서 울리는 소음이었다.

"역시 테라야. 늑대 세 마리를 한 번에 해치웠을 때부터 알아봤다고."

"흠흠, 테라가 이렇게 훌륭한 모험가일 줄은 몰랐군. 사과하지. 대신 다음부터 우리 잡화점을 이용할 때 가격을 많이 할인해 주겠네."

"꺄아! 멋져. 우리 마을을 위협하던 그레이 울프를 물리쳐 주시다니."

온갖 찬사와 칭찬이 정현을 향해 쏟아졌다.

캐릭터의 성장과 여러 이득을 얻기 위해 그레이 울프를 사냥한 정현이지만, 아무려면 어떤가?

'서로 만족스러운 결과만 얻으면 그만이지.'

그리고 그 결과가 이제 눈앞에 펼쳐졌다.

"정말 자네는 대단한 모험가야. 마을 사람들의 존경을 받을 만하네."

아스 마을의 촌장인 켄델이 흐뭇한 웃음을 흘리면서 정현에게 말했다.

띠링!

[D급 퀘스트 '아스 마을의 위협'을 클리어하였습니다.]

[보상으로 명성치(+12)가 상승합니다.]

[보상으로 아스 마을의 대장간에서 제작된 장비(+1)가 주어집니다. 원하는 것을 선택하십시오.]

'과연 어떤 것이 있을까?'

정현의 눈앞이 흐릿해지면서 반투명한 아이템 설명 창이 떠올랐다.

천, 가죽, 경갑, 중갑, 판금 등의 갑옷과 활, 검, 창, 도끼, 단검 등의 가장 많이 사용되는 장비들이었다.

'방어구들도 훌륭하지만, 아무래도 더욱 마음이 가는 것은 무기들이지.'

정현은 일단 방어구들의 설명 창을 삭제하고 무기들로 시선을 돌렸다.

근접전에서도 지근거리의 초근접전을 선호하는 정현에게 활이나 장병 및 중병기인 창과 도끼는 고려의 대상이 되지 못했다.

'결국 검과 단검 중에 골라야 한다는 것인데. 일단 자세한 설명을 봐야지.'

[중독의 대거]

등급 : 매직(Magic)

계열 : 무기

재질 : 철

제한 : 근력[2], 민첩[5], 지능[2], 집중[3]

공격력 : 8

옵션 : 특수상태 — (중독 Lv. 2)

내구력 : 20(20)

설명 : 아스 마을의 염원을 해결한 모험가에게 주어지는 강력한 무기다. 제작 과정에서 강한 독극물들이 지속적으로 투여되어 일정 확률[10%]로 적중 대상을 중독시킬 수 있다.

'놀랍다.'

9레벨이 될 때까지 얻은 머니를 모조리 투자해서 구입

한 날카로운 단검보다 3의 데미지가 높은 것도 있지만, 옵션이야말로 더욱 놀라운 혜택이었다.

'레벨 2의 중독이라면 초당 2씩의 데미지가 10초 동안 지속되니, 자그마치 20의 데미지를 공짜로 줄 수 있는 것이군.'

정현은 입안에 군침이 도는 것을 느끼며, 이번에는 검에 대한 정보를 살펴보았다.

[샤프니스 소드]

등급 : 매직(Magic)

계열 : 무기

재질 : 철

제한 : 근력[3], 민첩[5], 체력[2], 십중[2]

공격력 : 11

옵션 : 크리티컬 가산점 상승(+5%)

내구력 : 25(25)

설명 : 아스 마을의 염원을 해결한 모험가에게 주어지는 강력한 무기다. 제작 과정에서 높은 내구력을 포기하고, 날카롭게 날을 세워서 강한 타격을 줄 수 있다.

"끄응……."

샤프니스 소드와 중독의 대거를 모두 살펴본 정현은 고

민을 할 수밖에 없었다.

단순히 초보자 마을에서 사용한 날카로운 단검과 다르게 위의 두 무기들은 매직 등급의 아이템이었고, 본 대륙으로 이동해도 당분간은 유용하게 쓸 수 있는 무기였다.

'게다가 어떤 무기를 사용하느냐에 따라서 전투 스타일도 바뀔 수밖에 없으니까.'

정현은 오랫동안 진지하게 고민을 하였다.

아이템의 가치만 따지면 샤프니스 소드가 더욱 탐이 나지만, 근접 박투를 즐기는 정현이기에 중독의 대거가 원래의 전투 스타일을 유지하기 편했다.

"아, 정말 고민이군. 만약 이것보다 더 좋은 무기가 있다면 망설이지 않고, 그것을 고를…… 응?"

혹시나 해서 지워 버린 장비들의 설명을 뒤적거리던 정현의 시야에 특이한 설명 창이 들어왔다.

잠시 머뭇거리다가 결국 호기심을 참지 못하고 새로운 아이템의 설명 창을 생성시켰다.

[파워 너클]

등급 : 매직(Magic)

계열 : 무기

재질 : 철, 가죽

제한 : 근력[3], 민첩[4], 지능[1]

공격력 : 8

옵션 : 특수상태 — (공포 Lv. 2)

내구력 : 25(25)

설명 : 아스 마을의 염원을 해결한 모험가에게 주어지는 강력한 무기다. 더 이상의 말은 필요 없다. 강력한 철권(鐵拳)을 마주한 적은 엄습해 오는 공포에 몸서리칠 것이며, 일정 확률[10%]로 능력치가 하락할 것이다.

"찾았다!"

처음에는 손을 위한 방어구로 착각했다.

하지만 진면목을 확인한 이상 근접 박투를 즐기는 정현에게 이보다 좋은 아이템이 또 있을까?

"그래, 좋은 선택을 하였군. 자네의 늠름한 모습과 살어울리는 무구일세."

띠링!

[파워 너클을 획득하셨습니다.]

[초보자 마을의 모든 에피소드가 완료되었습니다.]

[테라의 대륙으로 이동을 시작합니다. 잠시 동안 어지럼증을 느끼실 수 있으니, 마음을 편하게 하시고 눈을 감아 주시기 바랍니다.]

화아악!

"윽! 매번 이렇다니까."

아이템을 선택함과 동시에 새하얀 빛이 사방에서 폭사하며, 정현의 눈을 따갑게 만들었다.

질겁하며 눈을 감는 정현은 이내 투덜거리며 빛이 잦아들기를 기다렸다.

새로운 시작을 기대하면서…….

▼　　▼　　▼

우물, 우물!

―오늘도 즐거운 리얼(Real)의 세계를 여행하도록 하겠습니다. 반갑습니다. 여러분!

―하하하, MC 정우입니다. 시청자 여러분들, 그동안 안녕하셨을 것을 믿고 바로 본론으로 들어가겠습니다.

정현은 잘 조리된 비프 커리를 입에 넣으며, 시선은 TV를 향했다.

너무 오랫동안 접속했던 탓에 강제종료 시스템에 걸렸고, 로그아웃이 된 다음부터는 운동을 다녀온 뒤, 오랜만의 만찬을 즐기고 있었다.

―오늘은 어떤 내용이 준비되었을까요?

―짜잔! 시청자 여러분, 채널을 고정시키세요. 날이면 날마다 오는 기회가 아닙니다.

―키득! 정우 씨가 그러니까 왠지 약장사 같네요.

—⋯⋯시청률을 위해서 희생하는 저에게 자꾸 이러실 겁니까?

우걱, 우걱!

처음에는 금방이라도 본론에 접어들 것처럼 이야기하다가 애간장을 태웠다. 이것이 방송을 진행하고 있는 그들의 노하우일 것이다.

아무튼 각설하고, 정현이 식사를 끝낼 때쯤 MC 정우와 MC 화경의 만담도 종료되어 본격적인 방송이 시작되고 있었다.

—오늘은 리얼에 존재하는 다양한 클래스들에 대한 특집 방송을 진행하겠습니다. 와아아아! 저 혼자 이야기하고 리액션까지 하려니 어색하네요.

—에구구, 뭐 어쩌겠어요? 방청객 없는 프로그램을 맡은 것이 잘못이라면 잘못이지. 그럼, 오늘의 초대 게스트를 만나 볼까요? 저번에 나오신 게일 님에 못지않은 분입니다.

"흐음?"

정현의 눈빛에 흥미가 어렸다.

저번 방송 분량 때 등장한 유저 '게일'은 리얼의 홈페이지에 존재하는 공식 랭킹 5위의 유저였다.

자신보다도 앞서 있는 존재⋯⋯ 경쟁자라고 할 수 있는 누군가의 등장을 기대하며 정현의 심장이 기분 좋게 두근거리기 시작했다.

—이제 나오십니다. '디펜더' 들의 영웅이자, 랭킹 7위의 유저이신 '아스' 님이십니다.

—와아아아! 오늘 디펜더 님들의 시청률은 고정이겠군요.

"응?"

정현은 스튜디오로 모습을 드러내고 있는 30대 초반 정도의 건장한 남성보다 닉네임에 신경이 쓰였다.

어제까지만 해도 벗어나려고 아등바등했던 초보자 존에 위치한 '아스' 마을과 같은 닉네임을 가지고 있지 않은가?

'재미있는 우연인데.'

그러한 정현의 마음을 아는지 모르는지, 방송은 무난하게 진행되고 있었다.

—정말 방패를 사용하는 각도와 타이밍이 얼마나 중요한지 다시 한 번 느끼게 되네요.

—확실히 보스 몬스터를 사냥하는 레이드를 진행할 때, 디펜더가 없다면 성공 확률이 한없이 불가능에 가까워진다는 이야기가 사실인 것 같습니다.

아스가 하나씩 던져 주는 유용한 팁에 감탄을 하며 칭찬을 쏟아 내는 MC들.

그렇게 서론이 끝이 나고, 본격적인 내용으로 진행하기

전 MC인 화경이 스태프들에게 신호를 보냈고, 스튜디오의 중앙에 반투명한 이미지들이 생성되었다.

—자, 그럼 현재 가상현실게임 리얼(Real)을 주도하고 있는 클래스들의 분포에 대해서 살펴보는 시간입니다.

—하하하, 표를 보시면 알겠지만 역시 대부분의 유저분들이 전투 계열의 클래스를 선택하셨습니다.

원형의 그래프로 표시된 클래스의 선택에서는 50%가 워리어나 소드 비기너, 로그 등과 같은 근접 계열의 유저들로 채워져 있었고, 20%를 프리스트나 메이지, 정령사와 같은 지능 계열의 유저들이 차지했다.

—전 궁수로 활동하고 있는데, 직업을 잘못 택한 건가요? 정말 힘들게 키웠는데.

—가상현실게임 리얼의 클래스 밸런스는 상당히 잘 갖춰져 있다고 생각합니다. 그렇기 때문에 앞에 있는 클래스의 분포도는 사람들의 대중적인 취향에 맞는 클래스일 뿐이지, 적게 선택했다고 해서 부족하거나 잘못된 것은 아닙니다.

잔뜩 실망해서 한숨을 내쉬는 화경에게 아스가 차분히 본인의 생각을 밝혔다.

그러자 나설 기회를 노리고 있던 정우가 은근한 미소를 지으며 질문을 던져 왔다.

—그러시군요. 그렇다면 평소 아스 님이 가진 '히든 클

래스'에 대한 생각을 말씀해 주시지 않으시겠습니까?

─흠…….

게임을 하는 유저라면 누구든지 한 번쯤은 생각해 본 것이 바로 히든 클래스(Hidden Class)다.

수백, 수천 명의 사람들 중에서도 유일할 수 있다는 메리트는 그 이유 하나만으로도 많은 유저들이 군침을 삼킬 것이다.

그런데 실제로는 능력까지 대단하지 않은가?

─확실히 히든 클래스는 대단합니다. 최상급의 유저라고 할 수 있는 랭킹 1위부터 10위까지의 유저들을 본다면, 그중 3분의 1이 히든 클래스를 보유한 유저들이니까요.

아스는 히든 클래스의 대표 주자로 알려진 광전사(狂戰士) 바칼과 듀얼리스트(Duelist) 카린을 예로 들며 MC들에게 설명을 이어 나갔다.

─하지만 그만큼 성공하기 위해서는 남모를 노력이 있다는 것을 간과해서는 안 됩니다.

─헤에…… 어떤 노력인지, 궁금한데요?

일반적으로 히든 클래스에 대한 이야기는 잘 알려진 편이 아니었다.

가상현실게임인 리얼(Real)이 서비스를 시작한 지 이제 3개월이 지나가고 있었다.

현재까지 공식적으로 등장한 히든 클래스는 채 10개가
되지 않는다.

그만큼 알려진 정보도 적을 뿐더러, 게임을 서비스하는
인피니티(Infinity)사에서도 유저들의 정보 제공을 원론
적으로 금지시키고 있기 때문에 많은 궁금증을 자아내고
있었다.

―누구인지 밝힐 수는 없지만, 제가 아는 히든 클래스
유저는 성장에 대한 페널티를 갖고 있다고 합니다.

―성장이요?

―말 그대로 레벨업에 필요한 경험치가 보통 유저들의
200%라고 합니다. 파티 사냥이 기본인 리얼의 세계에서
는 매우 불리한 시스템이죠.

―와아! 안 그대로 레벨업이 어려운데, 경험치가
200%나 더 필요하다면…… 에궁, 전 그냥 히든 클래스
안 할래요.

혀를 살짝 내밀며 귀여운 모습을 시청자에게 어필하는
화경을 뒤로하고 아스의 설명은 계속해서 이어졌다.

―성장을 위한 노력뿐만이 아니라, 일반적으로 히든 클
래스로 전직하기 위해서는 보통 사람들의 몇 십 배에 달
하는 노력이 필요합니다. 마냥 부러워하고 질투하기보다
는 본인이 그만큼의 열정과 집념을 갖고 리얼에 임했는지
생각해 볼 필요가 있을 것 같습니다.

—정말 좋은 말씀이십니다. 확실히 히든 클래스가 대단하다고는 하지만, 최근에 있었던 랭킹 3위의 노멀 클래스를 가진 아칸 님과 4위 카린 님의 대결이 무승부로 끝이 난 것을 보면, 결국 노력하는 자가 최후의 승자라고 할 수 있지 않을까요?

어떻게든 멋진 결말을 이끌어 내고 싶은지, 정우가 은은한 미소를 지으며 청산유수처럼 이야기를 쏟아 냈다.

그것으로 방송이 마무리를 하려는 분위기를 보이자, 정현을 TV에서 시선을 돌려서 캡슐 쪽으로 걸어가며 생각했다.

'히든 클래스라……'

애초에 정현은 클래스에 대한 생각을 별로 하지 않았다.

다만, 전투의 긴장감을 가장 깊게 만끽할 수 있는 근접 전투 계열의 클래스라면 아무래도 상관없었다.

'파워 너클을 생각하면 무투가를 선택하는 것도 좋은 결정이 될 것 같은데.'

일반적인 근접 계열의 유저들보다 많은 움직임에 SP 소모가 상당하여 망설이긴 했지만, 본인의 전투 스타일을 가장 잘 살릴 수 있고, 준비된 무기까지 있기 때문에 현재 가장 유력한 클래스 후보라고 할 수 있었다.

"후, 너무 복잡한 것은 나답지 않지."

　정현은 가볍게 머리를 흔들며 캡슐에 누워서 가상현실 세계로의 접속을 준비하였다.

　위이잉!

　전신 스캔(Scan)이 시작되고, 접속자의 상태를 체크하기 위한 선들이 튀어나와 몸을 장악했다.

　자동으로 이루어지는 로그인의 단계를 거쳐서 어떤 컨텐츠를 이용하겠냐는 질문에 '리얼'이라고 대답한다.

　—새로운 세계를 여행하는 당신에게 운명의 여신 '레아'의 축복이 함께하길……

　번쩍!

　"후우, 드디어 도착했군."

　초보자 존이라고 할 수 있는 아스 마을에서 테라의 세계로 넘어오기까지, 상당한 시간이 소요되었나.

　별개의 서버로 운영되고 있는 탓에 아스 마을에서 이루어진 모든 일들이 '데이터'화되어서 옮겨지는 과정은 약 10분 정도 소요되었는데, 중간에 강제접속종료가 되어 버린 것이다.

　'여긴 카렌 왕국이겠지? 아직 정확한 위치까지는 알 수 없지만…….'

　처음 캐릭터 생성 시 소속 국가를 카렌 왕국으로 정했던 기억이 난 정현은 그러리라 확신을 갖고는 제일 처음으로 해야 할 일을 생각했다.

'우선은 클래스 선택부터인가?'

레벨 10이 되면 클래스를 얻을 수 있는 자격이 주어진
다.

게다가 리얼에서는 전직을 할 때 자동적으로 향상되는
능력치와 분배가 가능한 보너스 포인트까지 주어지기 때
문에 빠른 클래스 선택은 필수라고 할 수 있었다.

"아이템 팝니다. 15레벨까지 사용할 수 있는 강력한
철검 팝니다. 가장 높은 가격을 제시한 분께 팔겠습니다."

"동물이나 몬스터들의 가죽 구매합니다. 소액으로 천이
나 가죽 방어구들 수선해 드립니다."

"고블린 사냥 파티원들 모집합니다. 현재 프리스트와
디펜더, 워리어 대기 중입니다. 메이지나 데미지 딜링 가
능한 유저를 모십니다."

'응?'

게임 오버된 유저들이나 처음 대륙으로 이동한 유저들
이 위치하게 되는 스타팅 포인트(Starting Point)에서
빠져나온 정현은 예상 밖의 광경에 눈을 동그랗게 떴다.

'카렌 왕국은 유저들이 적은 곳이라고 들었는데.'

정현은 아직까지 가상현실게임 리얼(Real)의 인기를
제대로 실감하지 못하고 있었다.

이미 대한민국의 게임 시장을 제패하고 세계로 뻗어 나
가고 있는 리얼은 아직까지 개척되지 않은 지역을 제외하

고는 어디서든 활발하게 움직이고 있는 유저들을 볼 수 있었다.

'이들이 NPC가 아닌, 나와 같은 사람들이라는 거지?'

물건을 사고팔기 위해서 호객 행위를 하는 유저들과, 사냥을 가기 위해 우르르 몰려다니는 유저들의 모습에 정현의 눈이 가늘어졌다.

이제 막 본 대륙으로 이동한 정현과 다르게 오래전부터 활동을 했을 그들은 모두 경쟁자이자, 최고가 되기 위해서 뛰어넘어야 할 대상들이었다.

'그렇다면…… 가볍게 인사를 해 주는 것도 좋겠지.'

꾸욱!

주먹을 꽉 쥐어 각오를 다진 정현이 굳은 표정으로 가장 가까이서 파티를 모집하고 있는 워리어 유저에게 다가갔다.

"응?"

워리어 유저는 열심히 파티원을 모집하다가 멀리서부터 자신을 향해 일직선으로 걸어오는 정현을 발견하고는 한 명 건졌다는 표정으로 흐뭇하게 웃었다.

하지만 그것도 잠시…… 잔뜩 굳어진 정현의 표정과 힘껏 쥐어진 주먹을 보며 의아함에 고개를 갸웃거릴 수밖에 없었다.

'뭐지? 나에게 안 좋은 감정이 있는 사람인가?'

그러한 생각을 하는 와중에도 거리는 빠르게 좁혀졌다.

이제 손만 뻗으면 닿을 거리…….

그 순간, 정현이 급작스럽게 주먹을 뻗어 왔다.

'이런, 미친! PK범인가?'

경비병들이 잔뜩 있는 도시에서 무슨 문제가 있을까, 방심한 워리어 유저는 피할 수 없는 스피드였다.

이어질 고통을 생각하며 두 눈을 감는 워리어 유저…….

하지만 정현의 손은 중간에서 멈춰 있었다.

"……."

"……."

"이게 뭐죠?"

"악수입니다."

"응?"

황당한 얼굴로 정현이 내밀고 있는 손을 바라보는 워리어 유저.

그 순간 이어지는 말이 더욱 가관이다.

"이제 인사도 했으니…… 길 좀 묻겠습니다. 무투가 길드가 어디죠?"

뜨억!

워리어 유저의 입이 턱이 빠질 정도로 벌어졌다.

▼　　▼　　▼

“쳇! 내가 이대로 물러날 줄 알고? 어림도 없지.”

무투가 길드로 향하는 주도로에서 왼편으로 살짝 벗어난 주택가 외곽에는 화단(花壇)들이 줄줄이 늘어서 있었고, 아름다운 꽃들과 향기들이 사방으로 흘렀다.

“내가 어떻게 준비한 건데. 이대로 남 좋은 일만 시킬 것 같아? 쳇쳇! 기필코 방해할 거야. 흥!”

아름다운 주위의 풍경과 어울리지 않게 불량스러운 태도로 한쪽 다리를 건들거리며 연신 콧방귀를 날리는 유저는 주위를 지나가던 남성 유저들이 한 번쯤 걸음을 멈추고 쳐다볼 정도로 쉽게 볼 수 없는 미인이었다.

‘퀘스트도 다 포기했고, 국적도 옮겼으니, 약속은 시켰어. 하지만 이대로 포기하기는 억울해.’

카렌 왕국에서는 그나마 유저들이 많기로 소문난 도시 ‘하몬’의 도로를 걷는 ‘유나’의 고민은 쉽게 해소될 성질의 것이 아니었다.

‘히잉…… 정말 히든 클래스를 얻을 수 있는 기회였는데.’

아쉬움으로 칭얼거리면서도 걸음을 멈추지는 않았다.

유나의 목적지는 다름 아닌, 무투가 길드였다. 그곳에서 히든 클래스의 첫 번째 이야기가 발생하기 때문이다.

"도착했네."

2층으로 이루어진 목조건물에는 '하몬 무투가 길드' 라는 명패가 달려 있었다.

'무투가' 라는 클래스 자체가 기타의 근접 전투 계열의 클래스보다 한 수 밑으로 평가받는 탓에 주위에는 소수의 유저들만 돌아다니고 있었다.

딸랑!

시원한 종소리와 함께 문을 열고 들어선 유나는 좁은 공간에 둘밖에 존재하지 않는 NPC 중 하나를 바라보았다.

"어서 오십…… 응? 아아, 유나잖아. 정말 오랜만이야. 거의 한 달만인 것 같은데?"

종소리에 방문객을 맞이하러 달려온 남성은 30대 초반의 얼굴에 반팔티를 입어, 굵은 팔뚝이 잘 드러난 상태였다.

"헤에, 페일 님, 그간 안녕하셨나요?"

조금 전까지만 해도 입술을 삐죽이며 투덜거리던 유나는 어디로 갔는지, 화사한 미소와 함께 페일에게 인사를 한다.

이제 웬만한 유저들이라면 NPC들과의 호감도가 게임에서 상당히 중요한 역할을 한다는 것을 알고 있었다.

그렇기에 유나는 한껏 친근한 모습으로 이곳을 방문한

목적을 잠시 뒤로 미루고 쓸데없는 잡담을 나누며 호감도
를 관리하기 위해서 노력했다.

띠링!

[재치 있는 말과 칭찬으로 페일의 호감도가 상승합니
다.]

“하하하, 유나와는 언제 대화를 해도 유쾌하군.”

“그렇게 생각하신다면 정말 감사하죠. 으음…… 페일
님, 제가 궁금한 것이 있는데 알려 주실 수 있으신가요?”

“응? 하하하, 내 쓰리 사이즈만 빼놓고는 얼마든지 물
어 봐.”

“……”

이마에 돋는 힘줄을 애써 누른 유나는 오늘 그녀로 하
여금 이곳에 방문하게 된 이유를 알렸다.

“처음 저를 보셨을 때 소개시켜 주신 분이 있잖아요.
혹시, 저 이후로도 그분께 사람들을 소개시켜 주셨나요?”

“그게 무슨…… 아! 설마, ‘그분’을 말하는 거야?”

끄덕, 끄덕!

유나의 질문에 단번에 긴장으로 굳어진 얼굴이 심상치
않았다.

페일은 마른침을 꿀꺽 삼키고는 아무도 없는데 괜히 주
위를 휙휙 둘러본 뒤, 떨리는 목소리로 말했다.

“그분에 대한 이야기를 함부로 하면 곤란해. 나도 부탁

을 받아서 '자격'을 갖춘 사람을 그분께 가 보라고 하는 거지. 그렇게 대단한 관계는 아니라고."

"다음부터는 주의할게요. 그것보다, 제 질문에 대한 답은……."

먹이를 놓칠세라 다시 한 번 파고드는 유나의 질문에 인상을 찌푸리면서도 그간 상당히 쌓아 놓은 호감도 탓인지, 페일의 입이 재차 열렸다.

"두 명 정도 있었나?"

"그, 그렇게 많이요?"

"왜? 문제 있어?"

히든 클래스의 첫 번째 관문은 무투가 길드의 NPC인 페일과의 만남과, '자격'을 갖추는 것이다.

그런데 그러한 자격을 갖춘 인원이 자신 외에도 두 명이나 있다는 사실에 유나는 놀라움을 감출 수 없었다.

'초보자 존에서 본인의 실력으로 능력치를 5 이상 상승시켜야 하고, 생성 스킬을 만들어야 하는데, 그런 까다로운 자격 조건을 만족시켰다고? 그것도 사람도 그리 많지 않은 하몬 시의 무투가 길드를 방문한 유저들 중에서?'

일정한 행동이나 전투 등을 통해 능력치를 올린다는 것은 말이 쉬울 뿐이지, 굉장히 어려운 과정이다.

게다가 생성 스킬이라니?

리얼이 서비스를 시작한 지 세 달이 지났지만, 정형화

된 스킬이 아닌 자신만의 고유한 생성 스킬을 만들어 낸 유저는 열손가락에 꼽힌다.

'나도 우연찮게 생성 스킬을 만들어 내지 않았다면 기획서를 보고도 페일에게 자격을 인정받지 못할 뻔했는데. 내가 소속 국가를 옮기고 온 동안 두 사람이나 있었다고?'

꿀꺽!

긴장감으로 입안이 말랐다.

유나는 머뭇거리면서도 결국은 알아야 할 사실이기 때문에 미약한 희망을 버리지 않고 페일에게 물었다.

"서, 설마 '그분'이 후계자를 정하셨나요?"

"쉿, 쉿! 조용히 하라니까. 그렇게 함부로 이야기를 할 분이 아니야. 이런 변방의 나라에서 정체를 밝히지 않고 계신 것을 보면 몰라?"

다시 한 번 주위의 눈치를 살피며 유나에게 주의를 준 페일은 그럼에도 변하지 않고 뚫어져라 자신을 응시하는 시선에 어쩔 수 없다는 듯 한숨을 내쉬며 말했다.

"아직은 아니야. 더 이상 자격을 갖춘 사람을 보낼 필요가 없다는 말씀을 하지 않으셨으니까."

"그, 그래요? 하아……."

이제는 가질 수 없는 히든 클래스가 되어 버렸지만, 미련이 남는 것은 어쩔 수 없다.

유나는 작게 안도하며 클래스 설정 퀘스트를 포기하기 전까지 약 일주일간 생활했던 공간을 떠올리며 페일에게 작별 인사를 하려고 했다.

딸랑!

"응?"

갑작스러운 방문객만 아니었다면 말이다.

"실례합니다. 여기가 무투가 길드입니까?"

목조건물 안을 채우는 낮은 목소리를 들으며, 궁금증이 생긴 유나는 무투가 길드의 입구를 바라보았다.

'으음?'

초보자 마을을 막 벗어난 유저들이 입고 있는 방어구들을 착용하고 당당하게 서 있는 한 명의 남성이 보였다.

180cm를 살짝 넘기는 듯한 키와 현실의 모습을 그대로 사용했는지, 이질감이나 부조화가 느껴지지 않는 뚜렷한 이목구비와 검은색 머리칼…….

거기에 약간은 차갑게 느껴지는 가라앉은 눈빛이 인상적인 남성이었다.

'헤에…… 잘생겼네.'

공부를 하기 위해 안경을 쓴다면 이지적인 느낌의 미남으로 여겨질 것이다.

물론 건장하게 보이는 신체가 그러한 생각을 뒤로 접게 만들었지만 말이다.

"호오, 모험가인가? 반갑군. 하몬 시의 무투가 길드를 관리하고 있는 페일이라고 하네."

처음 보는 유저가 등장하자 자연스럽게 프로그램되어 있는 대사를 내뱉는 페일을 보며, 유나는 이대로 나가기에는 한 박자 늦었다는 것을 깨닫고 관전자의 태도를 취했다.

"저는 '테라'라고 합니다. 반갑습니다."

"그래, 나도 반갑네. 그런데 무투가 길드에는 어쩐 일인가?"

"길드의 가입을 원합니다."

"오오, 정말 오랜만의 가입자로군."

쉽게 나오지 않는 무투가 클래스 유저의 모습에 유나도 관심 있게 지켜봤다.

"그래, 그래…… 최근 들어서 젊은이들 사이에 무조건 '무기'를 쥐어야 강하다고 생각하는 편견이 있어서 걱정하던 참이야. 정말 잘 선택했네."

한참 동안 무투가 클래스에 대한 찬양과 장점들을 늘어놓던 페일은 얼른 도장을 찍기 위해서인지 길드 가입을 위한 서류와 여러 행정 사항들을 준비하였다.

"그래, 그곳에 이름을 적고 사인을 하면 자네도 무투가 길드의 일원이…… 음?"

처음의 진중했던 모습과 다르게 정신없이 수다를 떨고

있던 페일의 눈이 동그랗게 떠졌다.

그러더니 갑자기 양해도 구하지 않고 몸을 움직여서 남성 유저의 손을 잡았다.

"……자네, 자질이 훌륭하군. 혹시, 저명하신 어른들께 가르침을 받은 적이 있는가?"

"엑?"

페일의 대사가 뜻하는 바를 잘 알고 있는 유나의 입이 얼빠진 소리를 냈다.

'저, 저건 자격을 갖춘 유저를 보았을 때 하는 말이잖아.'

얼떨떨해하는 유나를 뒤로하고 이야기는 계속 진행되어 어느새 페일이 남성 유저에게 '그분'의 거처에 대해서 설명을 해 주고 있었다.

"그래, 남문으로 나가서 숲의 중앙으로 가면 오두막이 한 채 있을 거야. 그곳에 '그분'이 계시지."

"후계자를 구하고 있다는 그 사람…… 강합니까?"

"하하하, 물론이지. 걱정하지 말고 어서 가 보게나."

너털웃음을 터트리는 페일을 뒤로한 채 남성 유저는 무투가 길드를 나섰다.

"어, 어라? 이게 아닌데."

그제야 정신을 차린 유나는 화들짝 놀라며 페일에게 인사를 할 여유도 없이 남성 유저를 따라나섰다.

'자격이 그렇게 쉬운 조건도 아니고, 하필이면 그런 사람이 왜 무투가로 클래스를 정하려고 해? 히든 클래스를 얻기가 이렇게 쉬운 거였어?'

물론 페일과의 만남은 히든 클래스를 얻기 위한 첫 번째 단계에 불과하지만, 사촌이 땅을 사면 배가 아프다고 괜히 심기가 불편한 유나였다.

❖　　❖　　❖

띠링!

[도시를 벗어났습니다.]

[현재의 필드에서는 PK가 가능하며, 지형이나 기상의 영향을 받습니다.]

"풋내기 모험가에게는 쉽지 않겠지만, 조심해서 다녀오라고."

"하하하, 몇 분 뒤에 몬스터를 꽁무니에 달고 도망쳐 오면 곤란해."

"……."

정현의 명성이 낮은 탓에 성문을 통과하여 밖으로 나가는 과정에서 경비병 NPC들에게 비웃음을 당했다.

태연하려고 했지만, 한낱 프로그램에게 무시를 당했다는 사실에 이를 갈던 정현은 오늘 광장에서 본인이 벌였

던 황당한 일과 전역 후의 일상을 생각하며 고민에 빠졌
다.

　'도대체 나는 어떤 녀석이지?'

　어렸을 적의 기억이 떠올랐다.

　단란한 가정의 외동아들로서, 부모님들의 사랑을 듬뿍
받고 자랐던 행복했던 시절이었다.

　성적도 우수하였고, 타고난 신체 능력으로 못하는 운동
이 없었다.

　'고등학교 때였나? 그 사고가…….'

　고등학교에서 수학여행을 가게 되어 부모님과 떨어져
있던 바로 그날이었다.

　수학여행을 즐기던 와중에 갑작스럽게 호출한 담임 선
생님에게 전해 듣게 된 사고 이야기는 평온했던 정현의
일상을 시궁창으로 처박았다.

　'쓰레기 같은 방화범 한 놈 때문에 우리 부모님이 돌아
가실 줄은 정말 몰랐지.'

　미친 듯이 달려서 집에 돌아온 정현의 시야에 들어온
것은 완전히 무너져서 폐허가 되어 버린 집과, 한 줌의 재
가 되어 버린 부모님이었다.

　해일처럼 일어난 슬픔과 절망이 정현을 덮쳤다.

　거의 반년 동안을 폐인처럼 지냈을 정도니, 더 이상의
설명은 필요 없을 것이다.

‘그때부터인가? 내가 이렇게 변한 것은…….’

다시 일어서서 이를 악물고 살았다.

천하에 다시없을 독종처럼 모든 일에 최선을 다했다.

검정고시로 고등학교를 졸업하고, 언젠가는 그 방화범에게 처절한 복수를 해 주기 위해서 흥신소에 소재 파악을 의뢰하고, 그동안 다양한 격투기를 배우고, 체력을 단련했다.

이른 아침부터 신문과 우유를 배달하고, 야간 타임까지 아르바이트를 하여 피곤에 떨면서도 의뢰비와 생활비를 벌기 위해서 입술이 터져라 이를 악물었고 다른 일과들도 성실하게 수행하였다.

‘정말 허무했지. 그렇게 끝날 줄은 몰랐는데.’

20살의 아직 차가움이 가시지 않은 이른 봄날이었다.

경찰에서 하나의 소식이 전해져 왔다.

정현의 행복을 모조리 앗아 간 범인이 쫓기고 있다는 심리적인 부담감을 이기지 못해서 ‘자살’을 하였다고 말이다.

그렇게 삶의 목표를 잃어버린 정현은 한동안 공황 상태에 빠져 있다가 돌연 놀라운 선택을 했다.

전격적으로 선택한 특전사로의 군 입대가 바로 그것이다.

‘살아 가기 위한 이유가 필요했어. 난 강해지고 싶었

지. 어떠한 아픔에도 흔들리지 않는 강한 남자가…….'

자유가 통제된 생활과, 육체적으로 한계까지 밀어붙이는 강한 훈련을 통해 정현은 살아 있음을 실감할 수 있었고, 함께하는 동료들과 생활하고 경쟁하면서 예전의 모습을 약간이나마 되찾을 수 있었다.

'그러다가 선택의 순간을 맞이했지.'

특전사로서의 생활을 한 지 1년쯤 되었을까?

정현은 정부로부터 한 가지 '제안'을 받게 된다.

대한민국 군대에서도 우수하다고 평가받는 몇몇 단체들. 그중에서도 손꼽히는 '에이스'들로 이루어진 '팀'의 참여를 말이다.

'망설이지 않고 선택했지. 변하고 싶었으니까. 더욱 강하고 뛰어난 사람으로…….'

어린 나이임에도 불구하고 소속된 부대에서 최고로 평가받은 정현이었지만, '팀'에서는 통하지 않았다.

각자의 영역에서 아성을 구축한 검증된 능력을 갖춘 인원들이었기 때문에 실력과 경험적인 면에서 정현을 압도하였다.

'정말 분했다. 그래서 노력했지. 입에서 단내가 나고, 너무 지쳐서 몇 번이고 기절할 정도로…….'

개인 능력의 향상뿐만이 아니라, 임무를 수행함에 있어서도 완벽을 기했다.

그 와중에 서로를 향해 생명을 맡기고, 가끔씩은 몸을 던져 상대방을 위하는 '팀' 의 인원들과 마음을 놓고 이야기하며 편하게 지낼 수 있었다.

'그런 감정은 특전사의 동료들과 느끼지 못했지. 그래, 그들은 달랐어. 나와…… 같았으니까.'

동족(同族)!

정현은 그러한 느낌을 한 단어로 정의했다.

'팀' 의 인원들은 너무나도 익숙했다.

같은 전쟁터에서 같은 감정을 공유하고, 같은 행동을 하며, 같은 생각을 한다.

서로를 인정하고, 서로를 배려할 수 있는 능력을 갖추었으며, 그것이 익숙해져 버린 그들만의 세계…….

'그래, 문제는 바로 이것이었나?'

정현은 무엇인가 깨닫는 것이 있었다.

'팀' 에서 나와 군을 전역하고 난 뒤, 너무도 어렵게만 느껴졌던 인간관계와 사회생활…….

정현은 수많은 아수라장을 겪으면서 그렇게 변한 것이다.

적자생존(適者生存)과 약육강식(弱肉强食)의 방식으로 길들여진 정현에게 사회의 무능하고, 매너리즘에 빠져 있는 여타의 사람들은 본능적으로 무시의 대상이 된 것이다.

'그래, 의도하지도 않은 사이에 나는 주위의 사람들을

무시하고 있었고, 그들을 함부로 대했지. 그로 인해서 다툼이 생겼고, 나는 아무거리낌도 없이 그들을 폭행했다. 전쟁터에서의 무능은 그 이유 하나만으로도 죄였으니까.'

가정이긴 하지만, 새로운 사실을 깨닫게 되었다.

하몬 시의 광장에서 무투가 길드로 가는 길을 묻기 위한 해프닝도 그래서 벌어진 일이다.

무능한 인원에 대해서 함부로 대하는 것은 정현에게 익숙한 일이었기에…….

'사실을 알아도 별로 변하는 것은 없군.'

치료를 위한 방법 같은 것은 모른다.

그저 깨달은 사실에 수긍하며, 앞으로는 무의식적으로 벌어질 실수를 막기 위해서 최대한 노력할 뿐이다.

"이 숲인가?"

그렇게 생각을 정리하며 10분쯤 걸었을까?

정현의 시야에 맑고 깨끗한 시냇물 너머로 작은 규모의 숲이 들어왔다.

띠링!

['비밀의 숲'을 출입하려면 퀘스트인 '선택의 기로—Ⅰ'를 수행하거나 '증표'를 가지고 있어야 합니다.]

[출입 조건을 달성하였습니다. 제한 없이 '비밀의 숲'에 출입할 수 있습니다.]

"퀘스트 창 오픈!"

[선택의 기로—Ⅰ]

등급 : ―

설명 : 하몬 시의 무투가 길드를 담당하고 있는 '페일'은 재능이 있는 인재들을 아낀다.

그렇기 때문에 아쉬움을 남기면서도 그들에게 길드의 가입보다는 부탁을 받은 '그분'에 대해 이야기를 해 주며, 비밀의 숲을 방문하도록 권유한다.

이제는 망각되고 있는 '전설'을 기억하며……

조건 : 비밀의 숲 중앙의 오두막집 방문

보상 : 퀘스트의 연계[선택의 기로—Ⅱ]

'일반적인 클래스 설정과는 전혀 다른 방식인데. 혹시 이게 히든 클래스를 위한 퀘스트인가?'

며칠 전 강제접속종료를 당했을 시 찾아본 정보에 의하면, 간단한 길드 가입서 작성과 한 가지 퀘스트를 수행하면 클래스를 설정할 수 있다고 되어 있었다.

그렇기에 정현은 약간의 기대감을 가지고, 들뜬 마음으로 얕은 시냇물을 건너서 '비밀의 숲'을 향해 걸음을 옮기려고 했다.

"잠깐만요!"

"……?"

갑작스럽게 부르는 목소리만 없었다면 말이다.

"……"

"……"

정현은 언제부터 따라왔는지, 인적도 뜸한 곳에서 모습을 드러낸 파란 머리칼의 여성 유저를 의심스러운 눈빛으로 바라보았다.

"말을 거셨다면 용건이 있는 것이 아닙니까? 말씀해 보시죠."

"에…… 그게 저기."

"……"

묵묵히 응시하는 정현의 시선이 부담이었는지 살살 눈을 피하던 여성 유저는 긴장된 얼굴로 한숨을 크게 한 번 내쉰 뒤에 입을 열었다.

"저, 저는 유나라고 합니다."

"네, 저는 테라라는 닉네임을 사용하고 있습니다."

"……"

"……"

유나는 당황했다.

마치 물건을 바라보듯 아무런 감정도 없는 무표정한 시선에 몸이 떨려 왔다.

'이, 이게 아닌데. 어떻게든 방해하려고 했는데.'

처음 계획은 얻지 못한 히든 클래스에 대한 미련으로

다음 도전자들을 마음껏 괴롭혀 주는 것이었다.

　자신은 엄청난 고생을 했으니, 그 정도는 당연한 것이라고 자기 합리화를 하면서 말이다.

　'어떻게 하지? 으으…… 아씨! 몰라.'

　하지만 정현의 냉소적이고도 날카로운 분위기에 눌려서 쉽게 행동할 수가 없었다.

　더 이상 이곳에 있다가는 망신만 당할 것이라는 생각에 유나는 작전상 후퇴를 하기로 했다.

　"저, 저기 퀘스트 잘 수행하세요."

　꾸벅!

　"……?"

　타다다닥!

　결국 유나가 중압감을 이기지 못하고 고개를 숙여 인사를 한 뒤 빠른 걸음으로 사라지자, 정현의 입에서 맥이 빠진 목소리가 흘러나왔다.

　"뭐, 뭐야. 저건……."

　그 순간 정현은 자신의 성격이 지극히 정상이 아닐까, 고민을 했다는 후문이다.

　"이곳인가?"

유나와의 어이없는 만남을 통해 패닉에 빠졌던 것도 잠시, 정신을 차리고 목적지인 숲의 중앙을 향해 이동하던 정현은 그리 오래 걸리지 않아 아담한 느낌의 오두막집을 한 채 발견할 수 있었다.

'여기서 어떻게 진행해야 하지?'

오두막집을 발견하였지만, 퀘스트를 클리어했다는 등의 시스템 메시지는 없었다.

잠시 머뭇거리던 정현은 '방문'이라는 글자를 떠올리고는 오두막집 안으로 들어가기 위해 다시 걸음을 떼었다.

똑똑!

"계십니까?"

혹시나 함부로 들어간 것에 대하여 질책이 있을지 모르기에, 정현은 노크를 한 뒤 반응이 없자 조심스레 문을 열어서 안쪽을 살폈다.

"……없네."

약간은 허탈해지는 느낌이었다.

잔뜩 기대하며 열어 본 선물 상자에서 꽝이라는 종이쪽지가 나온 기분이랄까?

'페일이라는 NPC가 거짓말을 한 것은 아닐 텐데. 퀘스트도 엄연히 존재하니까.'

30분 정도 기다렸지만 여전히 비어 있는 오두막과 평화로운 새소리가 울리는 숲 속의 광경에, 슬슬 시간이 아까워지는 것을 느낀 정현은 거칠게 머리칼을 긁적였다.

'다시 돌아가 볼까?'

지지부진한 상황에 해결책을 찾지 못한 정현이 하몬 시의 무투가 길드로 가려고 할 때였다.

"네 녀석은 누구냐? 이곳은 어떻게 알고 찾아왔지?"

띠링!

[퀘스트 '선택의 기로—Ⅰ'을 클리어하였습니다.]

[퀘스트가 연계됩니다. 새로운 퀘스트가 생성되었습니다. 자세한 정보는 퀘스트 창을 통해 확인해 주시기 바랍니다.]

"퀘스트 창 오픈!"

[선택의 기로—Ⅱ]

등급 : —

설명 : 강하다는 말은 무엇일까?

단순한 물리적인 힘? 권력? 재력? 답을 찾기 어려운 문제다.

하지만 그에 대한 기준은 있다.

악(惡)을 심판하기 위해 신을 외면한 그는 원하지 않았지만, 대륙의 수많은 사람들은 입을 모아서 말한다.

'그는 전설이다!'

조건 : 후계자의 자격

"……."

"귀가 들리지 않느냐? 누구냐고 물었으면 당연히 대답이 나와야 할 터인데."

꼬장꼬장한 말투로 정현을 다그치는 사람은 170cm도 되지 않을 법한 체격의 노인이었다.

새하얗게 세어 버린 머리칼은 지긋한 나이를 알 수 있게 해 주었고, 꼬챙이같이 바짝 마른 체격은 상식적으로 생각해도 정현의 기대감을 지우기에는 충분했다.

'후, 그럼 그렇지. 내가 무슨 복이 있다고…… 히든 클래스라고 해서 꼭 전투에 특화되었으리라는 법은 없으니까.'

누가 봐도 닭 모가지 하나 제대로 비틀 힘도 없어 보이는 노인이었다.

정현은 하몬 시의 무투가 길드를 담당하는 NPC인 페일이 자신을 속였다고 투덜대며, 연신 자신의 정체를 물어오는 노인에게 불퉁하게 대답했다.

"잠시 들렀습니다. 이제 갈 테니, 신경 쓰지 마시죠."

"에엥?"

기분이 상한 것을 숨김없이 드러낸 정현의 말투에 약간은 놀랐다는 표정으로 멈칫하던 노인은 이윽고 악동 같은 미소를 지으며 터벅터벅 정현을 향해 걸어왔다.

"정말 오랜만에 보는 버릇없는 애송이구먼. 흐흐흐, 그렇다면 연장자의 책임을 다할 수밖에……."

"……?"

막 뒤돌아서 이곳을 벗어나려고 하던 정현은 알 수 없는 말을 하며 다가오는 노인으로 인해 다시 몸을 돌려서 원위치할 수밖에 없었다.

"저에게 용건이 있습니까, 노인장?"

"용건? 물론 있지."

어느덧 세 걸음 정도의 거리를 남겨 두고, 서로 질문과 대답을 주고받았다.

의아한 기색의 정현에게 노인은 상상도 할 수 없던 선물을 주었다.

"이게…… 용건이다!"

휘리릭!

"……!"

정현은 현재의 상황을 이해할 수 없었다.

아니, 정확히 말하면 뇌가 인식과 파악을 할 뿐, 분석하기를 거부한 것이다.

정현의 상식으로서는 결코 일어나서는 안 되는 일이기에…….

쿠웅!

“큭!”

그러다가 등판에서 일어난 거센 충격에 신음성과 함께 정신을 차렸다.

그렇다. 정현은 공중으로 던져진 것이다.

제대로 반응조차 하지 못하고 바닥을 나뒹구는 신세가 될 줄을 어느 누가 상상했을까?

“버릇없는 애송이들은 뜨거운 맛을 봐야 정신을 차리는 법이지.”

“…….”

정현은 침묵했다.

아니, 입을 열어 대답할 정신이 없다는 것이 더욱 정확할 것이다.

왜냐하면 방금 전의 상황을 파악하기 위해 모든 신경이 그쪽으로 쏠려 있었기 때문이다.

‘난 봤다. 분명히 다가오는 것도 인지했고, 나를 향해 손을 뻗어 오는 것도 확인했다. 그렇기에 피하려고 했다.’

하지만 피하지 못했다.

분명히 피했다고 생각했지만, 노인의 손은 흐름을 거스르기라도 하듯 정현의 어깨에 달라붙었으며, 이윽고 이어진 가볍게 손바닥을 비트는 동작으로 인해 저항할 틈도 없이 정현의 몸은 허공을 날았다.

스윽!

“호오, 이제 정신을 차린 모양이군. 그래, 한번 네 녀석의 건방짐에 대해서 제대로 교육이 되었는지 들어 보자꾸나.”

“결투를……."

“응?”

기세등등하게 소리치던 노인은 예상하지 못한 단어가 정현의 입에서 튀어나오자 눈을 동그랗게 뜰 수밖에 없었다.

자신이 정확히 들었는지 의아해하는 사이, 그것을 확정지을 단어가 재차 반복되었다.

“결투를 부탁드립니다.”

“호오…… 이거 물건이로군.”

띠링!

[‘정체를 알 수 없는 노인’이 당신의 투지와 당당함에 감탄합니다. 호감도가 상승합니다.]

“좋아, 모처럼 스트레스나 한번 풀어 봐야겠어. 이봐, 애송이…….”

“말씀하시죠.”

어느덧 정현의 말투는 정중하게 변해 있었다.

전장에서 살아온 인생을 반영이라도 하듯, 강자에 대한 예우는 정현에게 본능적인 것이었다.

“네 녀석이 잘 알아야 할 사실이 있다.”

“……?”

불길한 미소와 함께 다시금 거리를 좁혀 오는 노인.

그 순간 정현의 뇌리에는 빨간불이 번쩍이고 있었다.

“무모한 도전은 명을 재촉한다는 사실을!”

“……!”

터엉!

말이 끝나기가 무섭게 거친 소음이 오두막집 앞의 공터를 울렸다.

주먹을 뻗은 노인과, 그것을 양팔을 교차하여 얼굴 앞에서 막아 낸 정현.

그 순간 장내에 숨 막히는 긴장감이 휘몰아치기 시작했다.

타닥!

말은 필요 없었다.

서로를 맹렬히 노려보며 중앙에서 부딪쳤다.

주먹과, 주먹…… 발차기와 발차기가 교차하며, 순식간에 수십 합을 경합했다.

콰직!

“큭!”

정현의 가드 위를 교모하게 후려치고 지나간 일격이 노인의 주먹이라고는 믿기 힘들 정도로 매서웠다.

‘보답을 해야겠지.’

작은 체구에 어울리지 않는 파워와 전투 기술을 가지고 있는 노인이었다. 정현은 방심하지 않고, 전력으로 양손을 교차하여 전방을 가린 채 몸을 날렸다.

'무게를 상체에 두고…… 임펙트 순간에 무게중심을 이동한다.'

콰앙!

"큭!"

기다렸다는 듯 정현의 상체를 향해 풀스윙에 가까운 펀치를 날리는 노인.

정현은 순간적으로 의식이 아득해짐을 느꼈지만, 입술을 잘근잘근 깨물어 버티면서도 힘을 거스르지 않고 상체를 뒤로 뉘이며 오른발을 올렸다.

콰늑!

"윽! 이, 이놈이……."

일명 섬머솔트 킥이라고 불리는 곡예에 가까운 기술이 들어갔지만, 노인은 당황한 표정을 했을 뿐 안정적으로 정현의 공격을 흘려 냈다.

'생각보다 더한 노인이군.'

어떻게 생각하면 정말 어처구니없는 일이다.

왕년에는 최고의 요원 중 하나로 손꼽혔던 정현일진대, 지금은 비리비리한 노인을 앞에 두고 잔뜩 긴장하고 있으니 말이다.

‘게임이라서 가능한 일이겠지. 나는 지금의 이 느낌을 즐기면 그만이다.’

찌릿, 찌릿!

정현의 공격에 통증을 느꼈는지 눈살을 찌푸리는 노인이었고, 그 순간 사방에서 찌르는 듯한 날카로운 기운이 정현을 압박해 오기 시작했다.

‘이, 이것은 살기인가?’

전장에서도 몇 번 느껴보지 못한 흉악한 기세에 정현의 눈빛이 떨렸다.

하지만 그것도 잠시였다.

“당신은…… 최고로군.”

“응? 애송이 이게 미쳤나. 뜬금없이 뭔 소리냐.”

황당하다는 듯 대꾸하는 노인이지만, 반응은 상관없다.

정현은 점점 긴장감으로 버무려져서 간질거리는 신체를 컨트롤하며, 진심으로 리얼(Real)을 시작한 것을 기뻐했다.

‘최고다. 놈을 꺾는 거다. 지금까지 만났던 어떠한 상대보다 강한 눈앞의 상대를.’

타닥!

“미친 녀석은 매가 약이지!”

정현의 감상은 관심도 없는지, 무심한 표정으로 질주해 오던 노인은 기묘한 스텝을 밟더니 순식간에 위치를 바꿔 정현의 뒤쪽에서 모습을 드러냈다.

"뼛속까지 아릴 거다."

"……!"

콰직!

"컥!"

순간적으로 몸을 뒤로 날리며 양손을 교차했지만, 회전력을 가미한 노인의 돌려차기는 정현의 방어를 꿰뚫고 복부에 강한 충격을 남겼다.

'소, 속이 뒤집어지는 것 같아.'

하지만 내색을 할 수는 없다.

정현은 이를 악물고 이어지는 추가 공격을 막기 위해서 정신을 다잡았다.

그사이 노인은 먹이를 노리는 포식자처럼 매섭게 따라붙으며 주먹을 뻗어 왔다.

터엉!

몸을 뒤로 눕히며 발차기로 노인의 주먹을 튕겨 낸 정현은 한 바퀴 몸을 굴려서 중심을 잡은 뒤, 앞차기로 견제를 하며 거리를 유지했다.

"녀석 귀여운 잔재주구나."

덥썩!

노인은 정현의 움직임을 예상했다는 듯, 앞차기를 피해 내곤 그대로 발목을 잡아서 비틀었다.

발목이 꺾이지 않기 위해서 비트는 방향으로 몸을 날려 바닥을 뒹군 정현은 쓰러진 자신에게 사커 볼 킥을 시도하는 노인을 보며, 정말 인정사정없다고 투덜거렸다.

콰직!

"컥!"

쓰러져 있는 탓에 충격을 분산시킬 방법이 없었다.

정현은 터져 나오는 비명 소리를 억누르며 공격을 막기 위해서 희생한 왼팔을 바라보았다.

"애송아, 어떠냐? 이제 좀 세상이 무섭게 느껴지더냐?"

부러지진 않았지만, 인대가 손상되었는지 손을 올릴 수가 없었다.

'이라크에서 수십 명의 무장 병력과 혼자 마주쳤을 때도 이렇게 망가지진 않았는데.'

정현은 몸 상태를 확인하고는 쓴웃음을 지었다.

비틀어진 방향으로 몸을 날렸음에도 불구하고 욱신거리는 발목과, 인대가 손상된 왼팔……

게다가 여러 번 공격을 가드한 오른팔도 부어오른 것인지, 열기가 느껴졌다.

"진심으로 했다면 처음 일격으로 끝났다."

"……알고 있습니다."

정현은 노인이 자신의 캐릭터와 동일한 능력치를 사용

했다는 것을 느끼고 있었다.

분명히 움직임에 있어서 뿜어낼 수 있는 파괴력과 스피드는 자신과 별반 차이가 없었기 때문이다.

'하지만 난 완전히 패했지. 약간의 틈조차 없는 자로 잰 듯한 움직임과 과감한 결단력은 지금까지 만난 누구보다 대단한 것이었다.'

마치 영화에서 나오는 무술 고수라도 되는 양…….

아니, 어쩌면 실제로 수십 년간 무술을 배운 인물의 자료가 사용되었을지도 모른다.

아무튼 그만큼 대단한 실력에 제압당한 정현으로서는 아직도 자신에게 부족한 점과 그만큼 성장할 수 있는 길이 남아 있다는 사실에 묘하게 일그러진 감정을 느꼈다.

"아직 끝나지 않았습니다."

"……크큭! 그래? 그렇다면 한번 보여 봐라, 애송아."

감탄은 감탄이고, 분한 감정은 엄연히 별개의 것이었다.

과거 '팀'에 소속되어 있을 때도 지독한 '독종'으로 인정받았던 정현이 이 정도로 포기할 리가 없는 것이다.

'여유로움으로 가득한 저 얼굴을 망가트리겠어.'

정현은 늘어진 왼팔과 통증이 일어나는 발목을 애써 무시한 채 몸을 일으켰다.

노인은 그것을 구경꺼리라도 된다는 듯 히죽거리며 지켜보았다.

"그래, 어디 한번 해 봐라."

손자들의 재롱 잔치를 구경한다는 말투로 정현을 도발했지만, 쉽게 나설 수는 없었다.

'기회는 한 번…… 반드시 성공시킨다.'

부상당한 몸으로 가능할지는 모르지만, 노인이 한없이 정현을 우습게 여기고 있다는 것에 모든 가능성을 걸어야 할 것이다.

타닥!

선공의 시작은 정현이었다.

어설픈 잔재주로는 노인의 털끝조차 건들 수 없기에, 정면 돌파 후 옆차기로 포문을 열었다.

덥썩!

"학습 능력이 없구나. 이런 단순한 패턴으로……!"

이미 노인의 행동을 예상한 정현은 공중으로 몸을 날렸다.

잡혀 있는 다리가 꺾였지만, 순간적인 통증을 무시한 정현은 몸무게로 인해서 비틀거리며 뒤로 밀리는 노인을 향해 남은 다리로 머리를 찍어 버렸다.

퍼억!

"큭!"

다리를 잡고 있던 손을 들어서 발차기를 막아 낸 노인
은 무게가 실린 공격에 눈살을 찌푸리며 무릎이 꺾였다.

'기회다!'

"하앗!"

착지와 동시에 멀쩡한 오른손으로 노인의 얼굴을 노려
갔다.

하지만 능숙하게 손바닥으로 정현의 공격을 막아 낸 노
인은 정현의 손을 쳐 낸 뒤, 귀신같은 움직임으로 품속을
향해 낮게 파고들었다.

"이만 끝내자!"

쐐에엑!

바람을 가르는 섬뜩한 소음과 함께 노인의 주먹이 전진
했다.

한 손으로는 방어할 수 없는 무시무시한 위력이었다.

'방어가 불가능하다면……'

씨익!

"웃어?"

절체절명의 위기에서 오히려 노인의 주먹을 향해 몸을
날리는 정현의 입가에는 미소가 매달려 있었다.

그러한 모습에 황당함을 느낀 노인이었지만, 그렇다고
해서 뻗고 있는 주먹을 멈추지는 않았다.

좌악!

“큭!”

기습에 가깝게 몸을 날려서 노인의 주먹을 회피했다.

하지만 옆구리를 스치는 것은 어쩔 수 없었고, 그것만해도 면도칼로 베이는 것 같은 통증을 느꼈다.

‘그래도 기회를 잡았다.’

정현과 노인은 한 걸음 정도로 밀착한 상태였고, 노인의 오른팔은 옆의 공간을 꿰뚫은 채로 회수가 되지 않은 상태였다.

반면에 정현은 이미 준비를 한 채로 언제든지 손을 뻗어서 노인을 공격할 수 있는 상황이었다.

‘한 방 정도라면……’

노인의 방심이 독으로 작용했는지, 생각보다 수월하게 기회를 잡았다.

타이밍을 잴 필요도 없이 주먹으로 페이크를 넣고, 니킥으로 복부를 노렸다.

사삭!

“……!”

노인의 움직임은 그야말로 상상을 초월했다.

정현의 페이크에는 관심도 두지 않고, 이어지는 니킥을 이용하여 왼손으로 밀쳐 내 공중으로 몸을 띄웠다.

“무, 무슨!”

“생각보다는 재미있었다. 이만…… 끝이다!”

당혹감에 소리치는 정현에게 노인의 발차기가 날아왔다.

한 손으로 방어를 할 수밖에 없는 정현은 충격을 흡수하지 못해서 비틀거렸고, 노인은 이번에야말로 끝이라고 확신했는지 정현을 분노하게 만든 능글맞은 미소와 함께 주먹을 뻗어 왔다.

'오래 참았다.'

정현은 원래부터 참을성이 많은 성격이 아니었다.

'한 번이다. 한 방이면 된다.'

지금의 순간을 위해 오랫동안 참아 왔다.

완벽한 기회…… 끝이라고 생각하며, 방심하고 있는 노인에게 반격을 할 수 있는 완벽한 타이밍이었다.

'힘내라, 주먹아!'

쒜에엑!

노인의 주먹이 안면부를 향해 쏘아져 오는 순간, 정현은 그렇게 인내했던 한 마디를 내뱉었다.

"카운터 어택(Counter Attack)!"

시야가 정지되었다.

흐릿하게 흘러가는 공간의 중심에서 정현은 홀로 빠르게 움직이는 자신을 느꼈고, 그 힘을 바탕으로 아슬아슬하게 노인의 공격을 빗겨 내며 전진할 수 있었다.

그리고 무방비 상태가 된 노인에게 이어지는 반격……

쒜에엑!

‘성공이다.’

바람을 가르는 날카로운 소리와 함께 주먹이 뻗어 나갔다.

노인의 안면을 노리는 정확함과 신속함이 적절히 어우러진 일격은 누구도 피할 수 없을 것이라 확신했다.

“디바인 크로스(Divine Cross)!”

나지막하게 울리는 노인의 목소리가 아니었다면…….

촤자작!

“……!”

노인의 코앞까지 다가간 정현의 일격이 바람에 휘말렸다.

‘아아!’

그것은 새하얀 빛의 폭발이었다.

노인의 전신에서 뿜어져 나온 빛은 정현의 주먹을 튕겨낸 것으로 모자라, 엄청난 폭풍처럼 휘몰아쳐서 허공으로 솟구치게 만들었다.

“재미있었다. 애송이…… 이제 좀 자라.”

콰직!

“컥!”

낙하하는 정현에게 가해진 것은 쓴웃음과 함께 뻗어진 노인의 주먹.

그토록 정타를 피했을 만큼 가히 예상했던 위력이지만,

뼛속까지 파고드는 고통이 정현의 의식을 멀어지게 만들
었다.

띠링!

[감당할 수 없는 강력한 충격으로 특수상태 '기절'이
적용됩니다.]

[한 시간 동안 강제적인 휴식 상태로 접어듭니다.]

"내게 스킬을 사용하게 만들다니…… 일단은 합격이라
고 해 주지."

'뭐?'

멀어지는 의식을 붙잡으려고 노력한 정현이지만, 이미
기절 상태에 빠진 이상 방법은 없었다.

그대로 의식을 잃어버린 정현과 관계없이 게임의 진행
상태를 말해 주는 메시지 창들은 계속해서 생성되고 있었
다.

띠링!

[퀘스트 '선택의 기로—Ⅱ'를 클리어하였습니다.]

[퀘스트가 연계됩니다. 새로운 퀘스트가 생성되었습니
다. 자세한 정보는 퀘스트 창을 통해 확인해 주시기 바랍
니다.]

짹짹, 짹짹짹!

애꿎은 숲 속의 새소리가 공허한 공터에 울려 퍼졌다.

　　　　▼▼　　　▼▼　　　▼▼

　"정말이지, 이건 믿을 수 없어."

　유나는 볼은 잔뜩 부풀린 채로 씩씩거렸다.

　사정을 모르는 사람이 본다면 마냥 귀엽다고 흐뭇한 미소를 지을 모습이지만, 유나는 골이 난 상태였다.

　'증표까지 사용해서 이곳에 들어왔는데, 이런 광경을 기대한 것이 아니라고!'

　마음속에서 울려 퍼지는 유나의 소리 없는 절규…….

　하지만 이곳에 그녀의 편은 없었다.

　'이게 상식적으로 말이나 되냐고!'

　이글이글 타오르는 눈으로 응시하고 있는 곳에는 숲의 공터가 있었고, 고요한 분위기 속에서 홀로 그곳을 지배하는 한 남자가 있었다.

　"간단한 지르기다."

　스스로에게 다짐이라도 하듯 중얼거렸다.

　잔뜩 긴장된 표정의 정현은 잠시 동안 마음을 가다듬다가 벼락처럼 진각을 밟으며 전면의 허공을 향해 주먹을 내질렀다.

　퍼엉!

　미약하긴 하지만, 압축된 바람이 튕겨져 나가는 듯한 소음과 함께 정현이 자세를 가다듬고 있었다.

공터의 가장자리에서 그것을 지켜보고 있던 유나는 잔뜩 억울한 표정으로 발을 동동 굴렀다.

'두 번째 시험을 통과하고, 벌써 세 번째 단계에 도달하다니. 내가 일주일을 매달린 다음 겨우 통과한 단계인데. 이건 사기야!'

유나는 얼핏 보기에는 가냘픈 미모의 여성이지만, 어렸을 적부터 활달했던 성격 탓에 태권도부터 시작하여 검도와 합기도 등 온갖 무도를 섭렵한 인물이었다.

그런 그녀조차도 노인의 인정을 받기 위해 일주일 동안 생각나지도 않을 만큼 승부와 패배를 반복했고, 수모를 당했다.

'그런데 겨우 마음을 다잡고, 증표를 사용해서 숲에 들어올 동안 시험을 통과해? 쟤세 정말 인간이야?'

말하자면 한 번의 기회로 통과했다는 것인데, 결코 믿기지 않은…… 아니, 믿기가 싫은 진실이었다.

"후후, 정말 대단한 재목이군. 이 녀석이라면 내 염원을 해결할 수 있을지도……."

"……!"

그때 유나의 옆에서 팔짱을 끼고 정현을 지켜보던 노인이 한마디 툭하고 내뱉자, 다시 한 번 경악한 표정을 지을 수밖에 없었다.

'뭐, 뭐라고? 이건 세 번째 단계를 충실하게 클리어해

가고 있을 때만 들을 수 있는 대사잖아.'

그렇게 유나가 놀라고 있는 사이, 노인은 언제 만족스러운 표정을 지었냐는 듯 볼멘소리로 호통을 쳤다.

"주먹질 하나도 제대로 못하는 거냐? 이 애송이 녀석아!"

"……?"

뭐가 문제냐는 듯 빤히 바라보는 정현의 시선에, 노인은 비웃음을 지으며 옆으로 다가왔다.

"상체를 곧게 펴라. 그리고 정면을 바라봐라."

움찔!

잠시 망설이던 정현이었지만, 곧 노인의 지적대로 자세를 수정하였다.

"발로 땅을 딛는다. 하지만 강하게 할 필요는 없다. 힘을 앞으로 전달한다는 느낌으로 가볍게 내딛으면 된다."

"……"

"허공에 가상의 적을 그려라. 세 발자국? 네 발자국? 네 앞에 적이 있다. 적은 너를 응시하고 있고, 방어 준비를 하고 있는 상태다. 적과 눈을 마주쳐라. 그리고 내딛은 발로 강하게 지면을 밀어내는 거다."

콰앙!

점점 속도를 높이는 노인의 설명에 정현의 움직임 또한 신속하게 변했다.

정적이었던 움직임이 동적으로 변하는 순간, 지면을 박차는 정현의 한 걸음이 공터를 울렸다.

"주먹을 지른다. 하지만 단순히 내뻗는 것이 아니다. 적의 눈을 봐라. 완전히 파악해야 된다. 압도해야 된다. 그렇다면 단조로워지는 적의 움직임 정도쯤은 얼마든지 예상할 수 있다. 그 순간 적을 꿰뚫어라."

휘리릭!

그 순간 정현의 주먹이 바람을 강타하며 날카로운 소성을 울렸다. 실로 질풍과 같은 찌르기였다.

그 순간 유나는 멍한 표정을 할 수밖에 없었다.

'보, 보여. 실제로는 아니지만 지금 이 순간만은……'

정현이 그리는 가상의 적이 상상이 되었다.

주위 사람들에게 영향을 미칠 정도의 놀라운 집중력이었고, 그것에 만족했는지 심술궂던 노인의 얼굴에도 은은한 미소가 매달렸다.

띠링!

[대담하고, 정확한 찌르기! 어지간한 전사들은 당신의 두 번째 주먹을 보지 않아도 패배를 인정할 것입니다.]

[재능을 뛰어넘는 놀라운 경험으로 민첩(+1), 집중(+1)이 상승합니다.]

['정체를 감춘 노인'이 당신에게 관심을 보이기 시작했습니다. 만약 인사를 한다면 '건방진 애송이'라는 반응

정도는 보여 줄 것입니다.]

오랜만의 능력치 상승에 정현의 두 눈이 반짝였다.

더불어서 퀘스트 창에서도 변화가 생겼다.

[선택의 기로─Ⅲ]

등급 : ─

설명 : 강하다는 말은 무엇일까?

단순한 물리적인 힘? 권력? 재력? 답을 찾기 어려운 문제다.

하지만 그에 대한 기준은 있다.

악(惡)을 심판하기 위해 신을 외면한 그는 원하지 않았지만, 대륙의 수많은 사람들은 입을 모아서 말한다.

'그는 전설이다!'

조건 : 정체를 감춘 노인의 인정을 받아라.

펀치[100%] / 발차기[0%] / 방어[0%] / 재능[0%]

보상 : 퀘스트의 연계[선택의 기로─Ⅳ]

'하나에 세 시간 정도 걸리는 건가?'

웬만한 사람에게 한 장소에서 그만한 시간 동안 한 가지 행동만 반복하라고 한다면 고개를 저을 것이다.

하지만 정현은 달랐다.

'점점 강해진다. 능력치뿐만이 아니라, 내 자신이 강해

지는 것을 느낀다.'

그것이면 충분했다.

세 시간이 무엇인가?

강해질 수만 있다면 며칠 밤을 꼬박 새도 상관없는 정현이었다.

'으으…… 이런 괴물!'

유나는 전직 퀘스트의 내용을 알고 있기 때문에 정현과는 비교할 수 없을 정도로 놀라고 있는 상태였다.

'세 시간 만에 첫 번째 단계를 통과하다니, 프로 격투기 선수를 기준으로 그만한 펀치의 완성도를 보여 주지 않으면 퍼센트 상승률이 극악일 텐데. 프로 격투기 선수들의 실력이더라도 사흘은 걸린다며!'

히든 클래스의 전직을 방해한다는 애초의 목적은 망각하고, 마냥 속으로 비명만 지르고 있는 유나였다.

❖　　❖　　❖

전쟁터에서의 여자란 쓸모없는 존재다.

물론 다양한 의미에서 생각해 본다면 얼마든지 도움이 될 방법이 있겠지만, 정현의 머릿속에서 생각되는 여성의 존재는 남성보다 근력과 지구력, 민첩성 등 수많은 신체적 분야에서 한계를 갖고 있는 나약한 인간들이었다.

그녀를 만나기 전까지는…….

콰직!

"컥!"

휘리릭!

정현의 콧등을 등주먹으로 가격한 후, 바깥다리를 걸어서 채며 상체를 뒤로 밀어 버렸다.

콰앙!

"으으……."

물 흐르는 듯한 연속적인 공격에 정현은 하늘이 노랗게 변하는 것을 느끼며 뻗어 버렸다.

"하아, 하아…… 내가 이겼다!"

"제길!"

딱콩!

"이게 어디서 누나 앞에서 함부로 말을 해?"

장난스럽게 웃으며 이마를 검지로 가볍게 튕겼다.

그 어이없는 행동에 잔뜩 찡그러져 있던 정현의 입가에도 허탈한 웃음을 시작으로 감출 수 없는 미소가 떠올랐다.

"하하하! 그래, 졌다고. '팀'에서 제일가는 괴물 여자를 무슨 수로 이겨?"

"뭐, 뭐라구!"

실제로 정현이 괴물이라고 말한 것과 다르게 길게 뻗은

팔다리와 더불어서 조각상처럼 잘빠진 몸매를 가진 미모의 여성이었지만, 아무튼 놀림을 받은 여성은 잔뜩 붉어진 얼굴로 씩씩거리면서 도망가는 정현의 뒤를 쫓았다.

'그랬던 적도 있었지.'

추억을 회상했다.

'팀'에 있었을 당시, 정현은 조금도 숨기지 않는 20대 초반의 활발한 청년의 모습을 보여 줄 수 있었다.

누구 하나 뒤처지는 사람이 없는 동등한 존재들이기에…… 의지할 수 있었고, 그들도 정현이 가진 본연의 모습을 꿰뚫어 보고 있었기 때문에 억지스러운 모습을 보여 줄 필요가 없었다.

'하지만 지금은 달라.'

세상은 정현이 소중하게 생각하는 '가치'를 조금도 알아주지 않았다.

게다가 무례했다.

능력과는 관계없이 나이의 높낮음으로 사람을 판단하는 것은 기본이고, 집안의 배경과 재력 등의 온갖 물질적인 잣대를 들이대며 정현을 분노하게 만들었다.

'잘못한 것은 그들이니까.'

인생의 가장 중요한 시기를 절망과 함께했으며, 이어지는 성인이 된 순간에도 피투성이로 전쟁터에서 소일했던 정현으로서는 인정할 수 없는 일이었고, 사회의 부적응자로 낙인찍히는 것은 순식간이었다.

'너희들이 나를 인정하지 않는다고? 큭, 그렇다면 나도 배려할 필요는 없지. 너희들은 무능하니까. 하찮은 쓰레기에 불과할 뿐이니까.'

그때부터 정현은 새로운 모습으로 변했다.

누구와의 접촉도 거부하고, 자신이 세운 기준으로 사람들을 평가하였으며, 그 결과대로 대하였다.

그렇기에 알고 지내는 남자들도 몇 없지만, 여자들은 그야말로 불모지였다.

"이얍!"

지금의 순간을 제외한다면 말이다.

쒜에엑!

"후우……."

여자가 행했다고는 믿기 힘들 정도로 탄력적이고 날카로운 발차기가 정현을 노리고 들어왔다.

물론 과거에는 이것보다 더욱 대단한 여자의 발차기를 경험해 보았지만, 그것은 지나간 추억일 뿐이다.

터엉!

"앗!"

부드럽게 충격을 흡수하여 튕겨 내는 정현의 움직임에 깜짝 놀라며 뒷걸음질 치던 유나는 곧 볼을 부풀리며 땍땍거리기 시작했다.

"치사해, 치사하다고! 어떻게 남자가 돼서 여자한테 한 번을 안 봐줘? 평생 여자 친구도 못 사귈 거야!"

"……."

정현은 쉬지 않고 종달새처럼 짹짹거리는 유나를 기묘한 생물을 바라보듯이 쳐다보았다.

"뭐, 뭘 봐?"

빤히 바라보는 정현의 시선에 부끄러웠는지, 소리치던 것도 멈추고 얼굴을 붉히는 유나.

그것을 보며 정현은 이 기묘한 존재를 관찰해야 할 필요성을 느꼈다.

'어지간한 남자보다 강하다. 아니, 이 정도라면 체육관의 트레이너들 정도는 되겠는데.'

그것은 방금 전까지 유나의 공격을 방어하며 느꼈던 손등의 얼얼함만 봐도 알 수 있다.

물론 캐릭터가 가지고 있는 근력이나 민첩 등의 능력치는 현실 세계에서의 본인이 가지고 있는 것이 아니기 때문에 간단하게 판단할 수 없는 문제였지만, 기술의 완성도나 공격을 시도하는 타이밍 등은 대략이나마 유나의 실력을 예상할 수 있도록 하였다.

'하지만 그것보다 더욱 놀라운 것은…….'

"우씨! 지금 딴생각하지?"

"……."

노골적인 정현의 시선에 적응이 되었는지, 눈을 흘기며 불평불만을 늘어놓았다.

그것을 본 정현은 이윽고 한 가지 결론에 도달했다.

'저 어이없을 정도의 뻔·뻔·함!'

사건의 발단은 아주 가벼운 것이었다.

정현이 발차기의 수련을 끝마치고 방어 수련에 들어갔을 때, 노인은 비웃음을 지으며 말했다.

"내가 애송이 녀석을 공격한다면 제대로 된 수련이 될 수 있을까?"

더불어서 단번에 '송장'을 치우게 될 것이라느니, 당장 빛의 교단의 대사제의 '치료'를 예약해 놓으라느니, 온갖 비아냥거리는 말들은 생략하겠다.

아무튼 결론은 간단했다.

과거 퀘스트를 진행하여 인연이 있는 유나를 보고 노인이 정현의 수련 상대로 지목을 한 것이다.

물론 유나는 공격을 하고 정현은 수비만 하게 되는 불리한 대련이었지만, 정현은 퀘스트가 계속해서 진행이 되고 있다는 점에 만족하였고, 유나는 계속해서 치미는 스트레스의 '원인'을 마음껏 혼내 줄 수 있는 생각에 기분 좋게 승낙을 하였다.

그리고 이어진 대련…….

정현의 예상과는 다르게 유나의 실력은 평범함을 탈피

한 수준이었고, 일방적으로 방어밖에 할 수 없던 탓에 예상외의 일격을 당하는 경우도 있었다.

강해지기 위해서 필사적으로 수련도를 올리는 정현과, '사촌이 땅을 사면 배가 아프다' 라는 명언을 실감하고 분노 게이지가 치솟은 상태였던 유나의 조합은 상당한 시너지 효과를 갖게 되었다.

만약 유나가 건성으로 정현을 상대했더라면, 제대로 된 방어로 평가받지 못하여 수련도를 상승시키는 데 애를 먹었겠지만, 혼신의 힘을 다한 유나의 공격은 기술적으로도 물론이고 캐릭터의 능력치도 상당하여 눈 깜짝할 사이라는 말이 떠오를 정도로 정현의 고속 성장에 도움이 되었다.

물론 본인은 그 사실을 모르고 살을 맞댄 사이라는 미명하에 말을 놓으며, 성현을 때린 수벅을 흐뭇하게 바라보고 있지만 말이다.

"후……."

"앗! 설마, 그 한숨 날 보고 쉰 거야? 아우…… 무례해! 그런 반응 열 받는다고!"

어째 정상적인 여자들과는 인연이 없다고 생각하며 한숨을 내뱉는 정현과, 다시 펄펄 뛰며 홧김에 달려드는 유나의 모습은 이제 자연스러울 정도다.

"에잇! 이거나 받아라!"

휘리릭!

　예고 없이 다시 시작된 대련이었지만, 정현은 능숙하게 방어의 동작을 취했다.

　그렇게 몇 번의 대련이 반복되었을까?

　막상 대련이 시작되면, 볼을 잔뜩 부풀리던 유나도, 한숨을 내쉬며 본인의 박복함을 한탄하던 정현도 진지한 태도로 돌아서서 매순간에 최선을 다했다.

　그만큼 서로를 향해 부딪쳐 가며, 약간이나마 상대방을 인정하고 이해할 수 있게 되었기 때문이다.

　띠링!

　[바늘 하나 들어갈 곳이 없어 보이는 완벽한 방어! 당신을 공격하는 자들은 문자 그대로 때리다가 지친다는 말을 실감할 수 있을 것입니다.]

　[재능을 뛰어넘는 놀라운 경험으로 근력(+1), 체력(+1)이 상승합니다.]

　['정체를 감춘 노인'이 당신에게 상당한 관심을 보이기 시작했습니다. 만약 궁금한 것을 물어본다면 '멍청한 애송이'라는 반응 정도는 보여 줄 것입니다.]

　"퀘스트 창 오픈!"

[선택의 기로—Ⅲ]

등급 : ―

설명 : 강하다는 말은 무엇일까?

단순한 물리적인 힘? 권력? 재력? 답을 찾기 어려운 문제다.
하지만 그에 대한 기준은 있다.
악(惡)을 심판하기 위해 신을 외면한 그는 원하지 않았지
만, 대륙의 수많은 사람들은 입을 모아서 말한다.
'그는 전설이다!'
조건 : 정체를 감춘 노인의 인정을 받아라.
펀치[100%] / 발차기[100%] / 방어[100%] / 재능
[0%]
보상 : 퀘스트의 연계[선택의 기로—Ⅳ]

'이제 하나 남았군.'
기본적인 공격과 방어는 완료를 한 상태다.
남은 것은 재능이라는 정체를 알 수 없는 내용 하나뿐
이었다.
'선택의 기로—Ⅲ'에 돌입한 지 게임의 시간으로 12시
간밖에 지나지 않았다는 것을 감안하면 정말 놀라운 결과
였다.
"지금까지 고생 많았다."
"……?"
갑자기 정중한 어투로 말하며 정현에게 다가온 노인은
복잡한 눈빛으로 입을 열었다.
"이제 나는 하나의 문제를 제시하려고 한다. 너는 그것

을 해결해야 한다.”

“……”

대답은 필요 없었다.

여기까지 와서 포기할 수는 없지 않은가?

정현은 강렬한 눈빛으로 얼른 문제나 제시해 보라는 듯한 태도를 취했다. 그러자 노인은 마음에 든다는 듯 고개를 주억거리다가 나지막한 목소리로 말했다.

“네가 추구하는 이상(理想)…… 그것을 확인하여, 너의 그릇을 판단하겠다.”

“……”

오두막집 앞 공터에 천근같은 고요함이 내려앉았다.

5.
전설

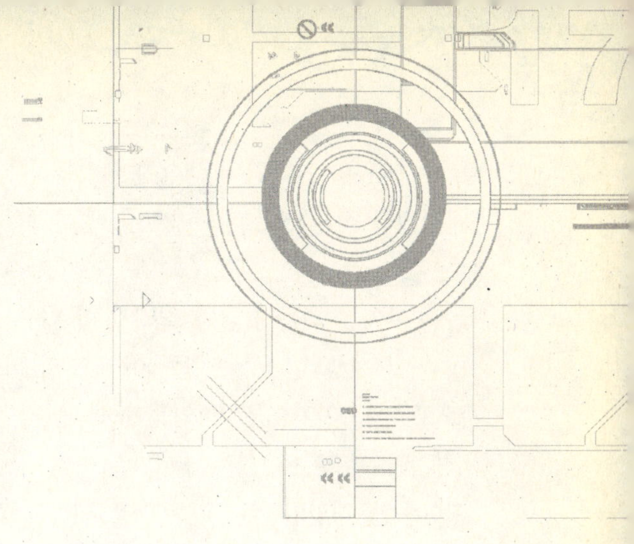

'나는 무슨 생각으로 살아왔을까?'

바라는 꿈, 목표로 추구하는 것, 모두 이상(理想)을 뜻하는 해석이다.

정현은 노인이 준 리얼 기준의 사흘이라는 시간 제한을 생각하며 조용히 걸음을 옮겼다.

"으음…… 이제 마지막이네."

아직 퀘스트의 단계가 하나 더 남아 있긴 하지만, 그것은 선택을 위한 분기점일 뿐 평가를 위한 것은 아니었다.

복잡한 시선으로 정현을 바라보던 유나…….

그사이 정현은 오두막집 옆에 자란 아름드리나무 밑에

털썩 주저앉아 자신만의 생각에 빠져들었다.

'어렸을 적의 꿈은 과학자였지. 물론 그것도 금방 바뀌기는 했지만……'

어린아이는 뭐든지 금방 질리기 마련이다.

이어서 선생님, 공무원 등, 여러 가지 어린아이들을 기준으로 하는 인기 있는 직업들이 생각났다.

하지만 이것은……

"단순한 직업일 뿐, 이상(理想)이라고 하기에는 어렵지."

나지막한 목소리로 꿈을 말했다.

그러고는 부모님을 떠나보낸 청소년기의 암울함을 반추했다.

군에 입대하여, 최고를 향해 달려가던 기억이 손짓했다.

'팀'에 소속되어 전 세계를 무대로 활동하며, 동료들과 불가해의 미션에 도전하던 뜨거운 추억을 곱씹었다.

'내가 지금까지 살아온 인생은……'

결론이 나왔다.

아니, 처음부터 답은 너무나 간단했고, 언제라도 이야기할 수 있는 것이었다.

'난 최고, 누구보다 위에 서 있는 사람이 될 거다.'

어쩌면 어린아이의 치기와도 같은 선언……

하지만 정현은 그것을 위해 '전설'에 도전했다.

▼　　▼　　▼

"후우, 후우……."

강제접속종료 시간이 다가오는 것을 느낀 정현은 로그 아웃 후, 가벼운 식사 및 휴식을 취한 뒤 오늘치의 운동을 위해서 체육관으로 향했다.

위이잉!

"오, 정현이 왔네. 역시 부지런하다니까."

호흡을 조절하며 체육관으로 들어오는 정현을 본 트레이너 문수가 반갑게 손짓을 했다.

"……?"

"아아, 그런 표정 짓지 말라고. 사람이 매일 운동만 하고 살 수는 없잖아. 가끔씩은 건설적인 이야기도 나누고 그러자고."

정현은 나름대로 실력을 갖춘 두 명의 트레이너를 인정하고 있기 때문에 인사 정도는 나누는 사이로 지내고 있었다.

하지만 오늘은 적극적으로 나서는 문수 때문에 약간 당황한 눈빛을 보였다.

"다름이 아니라, 궁금한 것이 있어서…… 정현이 너

‘리얼(Real)’이라고 알고 있지? 혹시 플레이 중이니?”

문수는 런닝머신을 달리면서 TV로 리얼에 대한 특집 방송을 시청하고 있던 정현을 기억하고 있었다.

그렇기 때문에 약간의 확신을 담아서 질문을 던졌다.

“……네, 플레이 중입니다.”

“역시!”

무엇이 그리도 기쁜지, 손뼉을 치고는 고개를 주억거리는 문수.

그 태도에 무엇인가 있을 것이라는 생각을 한 정현은 이어질 말들을 기다렸다.

“잠시만…… 어이, 준석아! 이리 좀 와 봐.”

“왜? 무슨 일인데.”

문수가 소리지자, 제육관 안쪽에 있는 휴게실에서 자분하게 느껴지는 목소리가 대답해 왔다. 문수와 동갑내기 트레이너로 활동 중인 준석이었다.

“우리 예상이 맞았어. 정현이도 리얼의 유저였다고. 하하하, 생각보다 일이 잘 풀리는걸.”

“그건 아직 모르는 일이지. 정현이의 실력은 익히 알고 있지만, 그것은 엄연히 현실일 뿐, 게임에서도 그대로 적용되는 것은 아니니까.”

“야야, 너도 잘 알잖아. 현실에서의 격투 센스와 기본기 등이 리얼의 세계에서 얼마나 도움이 되는지…… 아마 정현이 정도라면 무난하게 상위권에 들어갈걸. 어쩌면 유명한 랭커일지도 모르지.”

침착한 성격대로 현실과 게임의 차이를 이야기 하는 준석이었지만, 잔뜩 들떠서 소리치는 문수의 목소리에 묻혔다.

“제가 리얼을 플레이하는 것이 그렇게 중요합니까?”

“응? 아아, 당연히 중요하지!”

자세한 내막을 모르는 정현이 의아하다는 눈빛을 보내자, 문수가 적극적으로 대답했다.

“하하하, 이번에 우리 일행들이 굉장한 발견을 했거든.”

“문수야!”

“야, 정현이 성격 모르냐? 얼마나 입이 무거운 녀석인데.”

“……”

문수가 입을 열려고 하자 다급하게 만류하는 준석이었지만, 정현의 입이 무겁다는 사실에는 동의하는지 금방 침묵 모드로 돌아섰다.

“자그마치 C클래스의 던전이라고. 이름은 ‘하르갈의 무덤’ 이라고 하는데, 언데드 몬스터들이 주로 등장하는 곳이고, 오늘부터 파티원들과 본격적으로 탐험하려고 하는데, 약간 전력이 모자라는 것 같아서 말이야.”

“…….”

“정현아, 너만 괜찮다면 함께하고 싶은데. 어때? 우리를 비롯해서 일행들 모두가 상위권을 유지하고 있는 실력자들이니까, 걱정할 필요는 없어.”

정현이 합류할 것이라고 확신하는 듯 흐뭇한 미소를 지으며 자신만만한 목소리로 말하는 문수.

확실히 C클래스의 던전은 그만한 매력이 있었다.

가상현실게임 리얼(Real)에 존재하는 던전의 등급은 E—D—C—B—A—S—SS로, 총 7단계가 있었다.

등장하는 몬스터들의 레벨과 관계없이 등급이 높을수록 강한 조합과 난이도를 갖춘 던전으로 설정이 되었고, 반면에 경험치와 획득할 수 있는 아이템들도 고급이었다.

“정현이 너도 현재까지 클리어된 최고 등급의 던전이 C클래스라는 것은 알고 있지?”

“…….”

시스템적인 부분에 대해서만 정보를 수집하는 정현은 처음 듣는 내용이었기에 고개를 저으며 추가 설명을 요구했다.

“리얼의 시간으로 일주일 전쯤에 듀얼리스트(Duelist) 카린과 성직자 랭킹 1위의 ‘엘’을 비롯한 5인 파티가 리얼 최초로 C클래스의 던전을 클리어했잖아. 우리도 그런 엄청난 역사를 시도하는 거라고.”

그것으로 끝이 아니다.

문수는 그 일로 인해서 카린을 비롯한 유저들의 인기가 얼마나 높아졌는지 침을 튀기며 설명하였고, 그들이 얻은 아이템을 이야기할 때는 목에 핏대까지 세우면서 열변을 토했다.

“하아, 하아…… 이제 잘 알았지? 이런 엄청난 기회를 놓치면 정말 후회할 수밖에 없다는 것을.”

“…….”

하지만 계속해서 침묵을 지키고 있는 정현을 본 문수는 고개를 갸웃하며 말을 이어 갔다.

“왜? 고민할 필요 없다니까. 너만 참가하면 우리도 다섯 명이 되니까, 충분히 성공할 수 있을 거야. 게다가 난 믿고 있다고. 리얼의 세계에서의 너를.”

아직 본 적도 없으면서 확신에 차서 이야기를 하는 문수.

그렇게 전폭전인 신뢰의 말을 들으면서 정현은 부담감을 느낄 수밖에 없었다.

‘벌써 랭커들은 이렇게 앞서 가고 있단 말이지.’

삼 개월의 차이는 생각보다 컸다.

정현이 아직 클래스 설정도 하지 못한 사이, 상위권의 유저들은 C등급의 던전들을 클리어하고 있었던 것이다.

'그렇다면 클래스 설정을 한 뒤, 바로 참가하면 되겠
군. 이번 기회에 파티 사냥도 한번 경험을 해 보는 것도
나쁘지 않을 테니까.'

"던전 적정 레벨은 35 정도야. 우리 수준에 딱 맞는
던전이지."

"……."

그 순간 정현의 몸이 심하게 경직되었다.

문수와 준석은 알고 있을까?

갑작스럽게 정현의 등줄기를 타고 흐르기 시작한 땅방
울들을…….

"후, 제안은 고맙지만 참여할 수는 없을 것 같습니다."

"엥!?"

"……!"

말은 안 했지만 관심을 가지고 지켜보던 준석도 의외였
는지 눈을 동그랗게 떴다.

하지만 그들과 다르게 정현의 속은 시커멓게 타들어 가
고 있었다.

'젠장, 아무리 그래도 35는 너무하잖아.'

아무리 정현이 스스로의 능력에 자신감을 갖고 있지만,
게임의 유명한 명언에 대해서는 잘 알고 있었다.

'레벨이 깡패!' 라는 말이 있다.

그만큼 게임에서는 컨트롤 못지않게 레벨과 아이템들이

중요하다는 뜻이다.

"왜, 왜 그러는데? 던전을 최초 발견한 파티라서 경험치와 드랍율 두 배의 혜택도 적용된단 말이야."

"……저도 바쁜 일이 있습니다."

"그래도 이 기회가 너무 아쉽잖아. 던전을 먼저 클리어한 다음에 그 일을 해도 늦지 않을걸."

끈질기게 설득하는 문수를 뒤로하고, 정현은 하던 운동도 중단하며 집으로 돌아갈 준비를 했다.

'젠장, 쪽팔리게 내가 약해서 함께할 수 없다고 어떻게 이야기를 해.'

속마음을 감추고 체육관을 나서는 정현을 보며 문수와 준석은 나란히 한숨을 내쉬었다.

"후, 나름 친해질 기회도 될 것 같아서 용기를 내본 건데. 너무 섣불리 다가선 걸까?"

"아니지. 어쩌면 다른 부분에서 맞지 않은 것이 있을지도……."

"그게 무슨 말이야?"

"예를 들면…… 우리 수준이 너무 낮아서 시간을 낭비하기 아깝다는 뜻일지도 몰라."

"어라? 생각해 보니까, 그럴 수도 있겠네."

하나의 가설을 세우고 보니, 정현이 보였던 수상한 행동들이 모두 이해가 되었다.

“그래, 어쩐지 레벨을 말한 순간부터 태도가 싸늘하게
변하더라고. 그런 던전에서 놀아 봐야 경험치도 안 되고,
시간 낭비라는 뜻인가?”

“그렇겠지. 우리 둘을 가볍게 제압하는 실력을 생각한
다면 정체를 감춘 10위권의 랭커들 중 하나일지도 몰
라.”

“와아, 그렇다면 정말 대단하네. 다음번에 다시 오면
솔직하게 이야기하고, 어려운 퀘스트들이나 도와 달라고
부탁해 볼까?”

“그것도 좋은 생각이네.”

뭔가 심하게 착각하고 있는 문수와 준석이었다.

▼　　▼　　▼

“스테이터스 창 오픈.”

[Player Status]

닉네임 — [테라]

레벨 — [Lv. 10]

클래스 — [노비스(Novice)]

칭호 — [無]

명성 — [49 / 알 수 없는]

근력 — [8] / 민첩 — [8] / 체력 — [5]

지능 — [1] / 집중 — [4] / 행운 — [2]

HP — [50] / MP — [40] / SP — [97%]

공격력 — [8]+8 / 방어력 — [5]+3

공격 속도 — [0.08%]

회피율 — [0.02%]

크리티컬 — [0.02%]

속성 — [無]

Point — [0]

오랜만에 확인한 능력치들은 많은 것이 변해 있었다.

우선 근력과 민첩, 집중 등이 많이 향상되어 공격력과 MP량이 많이 늘어났고, 명성도 '초라한'에서 알려지지 않았다는 것을 뜻하는 '알 수 없는'으로 변경되었다.

'이제 클래스만 생긴다면 뭔가 좀 채워진 느낌이 들겠지.'

강제접속종료 시간은 24시간. 즉, 게임에서의 하루이자 현실 시간으로 12시간이었다.

그 시간 내내 게임을 접속하게 되면 강제접속종료 시스템이 발동하여서 자동으로 접속을 차단하고, 게임 시간으로는 6시간, 현실 시간으로는 3시간 동안 휴식을 취해야만 재접속이 가능한 시스템이었다.

아무튼 하루 만에 제대로 된 식사와 운동을 끝내자마자 리얼의 세계로 접속한 정현은 캐릭터의 정보를 확인하며, 다시 한 번 각오를 다졌다.

'이 정도로 만족할 단계가 아니다. 좀 더 강해져야 한다. 아니, 조금이 아니라 많이!'

트레이너들과의 대화는 정현에게 충격을 주었다.

본인이 가진 능력만큼이나 강한 자존심을 갖고 있는 정현에게 스스로가 부족하다고 느껴지는 경험은 흔치 않은 것이었고, 그만큼 이를 갈게 만드는 계기가 되었다.

그래서 지금 '전설'과 마주하였다.

"그래, 궁금하군. 애송이가 꿈꾸는 이상(理想)은……."

저벅, 저벅!

오두막집을 나선 노인의 모습은 어제의 그것과는 달랐다.

볼품없이 추레하게만 느껴졌던 옷차림은 새하얗게 빛나는 튜닉으로 바뀌어져 있었고, 정리가 되지 않아 엉망으로 늘어져 있던 하얀 머리칼은 단정하게 묶여 있었다.

무엇보다 노인의 양손에서 은은하게 빛나고 있는 순백의 장갑은 그 위로 형이상학적으로 생긴 수많은 마법진으로 장식되어 있었다.

"전 말재주가 별로 없습니다."

정현은 허리를 곧게 피며 양 주먹을 가볍게 부딪쳤다.

초보자 마을의 클리어 보상 아이템인 파워 너클이 그 뭉툭한 모습만큼이나 딱딱한 소음을 내며 주먹을 감쌌다.

"그래? 후훗, 예상은 했지만 네 녀석도 정말 어쩔 수 없는 녀석이군."

기분 좋다는 듯 입가에 미소를 매달며 거리를 좁혀 왔다.

새하얀 튜닉의 목 부분에 은 재질의 십자가가 찰랑거리며 시선을 자극했다.

"대신 제가 자신 있게 여기는…… 행동으로 보여 드리죠!"

"바라던 바다."

쿠웅!

그 말을 끝으로 강하게 진각을 밟으며 정현에게 접근해 오는 노인.

그 순간 둘 사이의 거리가 제로가 되었다.

'펀치, 발차기, 방어술…… 그 모든 것을 연습한 시간은 결코 헛된 것이 아니다. 하지만 상대방은 그러한 노력을 뛰어넘을 정도로 강하다.'

퀘스트의 네 번째 과제를 해결하기 위해서 정현은 많은

고민을 하였다.

노인이 말하는 이상(理想)과 퀘스트 창에서 요구되는 재능을 표현할 수 있는 방법을 말이다.

터엉!

"호오, 막았다고? 실력을 다 파악했다고 생각했는데, 예상과는 좀 다르군."

방어술을 충실하게 연습한 덕분이다.

정현의 가드는 노인의 공격을 부드럽게 흘려 내었고, 큰 충격 없이 마무리하여 즉시 반격을 가할 수 있었다.

"어딜!"

덥썩!

기습적으로 미들킥을 날렸지만, 노인의 손에 발목을 붙들려서 한순간 균형을 잃었다.

그렇게 비틀거리는 정현의 발목을 놓아준 노인은 로우킥으로 버티고 서 있던 다리의 각도를 꺾어 버렸다.

"카운터 어택(Counter Attack)!"

휘리릭!

정현의 움직임이 순간 빨라지며 노인의 로우킥을 피해 냈다.

그리고 이번에는 정현의 차례였다.

치익!

"이런!"

날카로운 주먹이 노인의 볼을 스쳤다.

예상하지 못한 정현의 선전에 노인이 뒷걸음질을 쳤다. 그러자 기세를 탔다는 것을 느낀 정현은 땅을 박차고 달려들어서 노인의 품속으로 파고들었다.

'심장을 노린다. 잘하면 특수상태를 일으킬 수도 있으니까.'

예로부터 후퇴하는 상대만큼 노리기 편한 것도 없었다. 뒤로 물러나는 동안은 제대로 하체의 힘을 상체로 전달하기가 힘들기 때문이다.

"조, 조심해!"

"……?"

그 순간 조마조마한 눈빛으로 노인과 정현의 결투를 지켜보고 있던 유나가 빽 하고 소리를 질렀다.

물론 그 대상은 바로 정현이었고, 유리한 상황에서 터져 나온 경고성에 의아한 눈빛을 할 수밖에 없었다.

"훗, 이미 늦었다."

휘리릭!

"……!"

정현의 주먹이 어색하게 허공을 갈랐다.

아무것도 느껴지지 않는 공허감에 눈살을 찌푸리는 것도 잠시였다.

다급하게 돌려차기를 시도하는 정현이었지만, 그전에

밀려오는 고통이 먼저였다.

콰직!

"커억!"

"테, 테라야!"

띠링!

[강렬한 타격을 받았습니다. 순간적으로 특수상태 '스턴' 이 적용됩니다.]

[특수상태 '스턴' 에 저항할 스킬이나 능력치가 없습니다. 강제적으로 1분간 모든 활동이 봉인됩니다.]

노인의 주먹은 정현의 얼굴을 그대로 가격했고, 뿌리를 뽑아 버리는 듯한 그 강력한 일격에 정현의 몸은 3m 정도를 날아가서 바닥을 나뒹굴었다.

"후, 징밀 애송이라는 말밖에 널 표현할 수가 없구나. 그래, 네 이상(理想)? 뻔하지. 흐흐흐, 하는 짓을 보아하니 폼을 잔뜩 잡으면서 강해지는 것? 최고가 되는 것? 나와의 결투에서 결과를 낸 뒤, 그런 소리를 지껄이겠지."

"……"

정현은 대답하지 못했다.

아니, 입조차 열 수 없었다.

상태이상 '스턴' 이 말을 하는 것조차 방해하진 못하지만, 노인의 말이 폐부를 무섭게 찔러 왔기 때문에 숨조차

쉬기가 어려웠다.

"인생 오십 년…… 돌고 도는 이 세상에 비하면 한낱 꿈과 같구나."

노인의 눈빛이 아련하게 젖어들었다.

도대체 이 거인(巨人)은 무엇을 이야기하고 싶은 것일까?

인생의 허망함? 이상이라는 가치에 덧없음?

노인의 말은 계속해서 이어졌다.

"사람들은 누구나 꿈을 갖고, 이상을 갖는다. 그렇게 살아가지. 하지만 성공하는 사람은 없다. 아니, 일시적으로 목표를 이룬 사람은 있지만 곧 새로운…… 그것보다 더한 목표가 생긴다. 그렇게 쉬지 않고 아등바등 달려가야 하지."

"……."

"언제까지 말뿐인 이상을 지껄일 것인가? 아무리 노력해도 이루지 못하는 결과물에 집착할 필요가 있는가? 포기해라, 너는 아무것도 해낼 수 없다. 목표에 눈이 멀어서 야수처럼 달려드는 것이 전부인 너는 아무런 가치도 없다."

[특수상태 '스턴'의 지속 시간이 5초 남았습니다.]

"……당신은 실패자군."

"테, 테라야!"

완전히 불리한 상황에서도 오히려 노인을 도발하는 모습을 보며 걱정스러운 목소리로 정현을 부르는 유나.

하지만 지금 노인과 정현이 있는 공간에 끼어들 수 있는 존재는 없었다.

"아등바등 살아가는 것이 뭐가 나쁘지? 목표를 위해서 실패하더라도 계속 도전하는 것이 잘못되었나? 그래, 방금 전 나는 패배했다. 하지만 포기하지 않아."

[특수상태 '스턴'이 해제됩니다.]

[신체의 능력이 정상적으로 돌아옵니다.]

"이루지 못하기 때문에…… 언제까지고 '목표'가 되어주기 때문에 그것이 이상(理想)인 거다!"

타닥!

성현의 움직임이 성쾌하게 변했나.

처음부터 가지고 있던 부담감을 떨쳐 버리듯이…….

그러자 노인도 양손을 신속하게 교차하며 정현의 공격을 대비했다.

'노인의 실력은 저번과 같다. 나와 동일한 수준의 능력치만을 사용하고 있으니까. 그렇다면…… 내가 변하면 된다.'

정현의 공격이 시작되었다.

예전이라면 노인에게 형편없이 막힐 수밖에 없는 그러한 공격들.

하지만 이틀간 정현과 내내 붙어 있었던 유나는 알 수 있었다.

'……변했어.'

정확히 콕 하고 집어 낼 수는 없지만, 유나는 더 이상 말리는 것을 멈추고 조용히 지켜보기로 했다. 가슴을 뛰게 하는 기대감을 충족시킬 '결과' 를 기대하면서 말이다.

'정확히 생각난다.'

"주먹질 하나도 제대로 못하는 거냐? 이 애송이 녀석아!"

아득한 기억의 너머에서 노인의 호통 소리가 들려왔다.

초라한 복장을 하고, 제멋대로 풀어헤친 머리칼이 지저분하게 보였지만, 두 눈은 형형하게 빛나고 있는 정체불명의 노인이었다.

"상체를 곧게 펴라, 그리고 정면을 바라봐라."

"후우……."

정현의 몸이 일자로 변하며, 강렬한 눈빛으로 노인을 응시했다.

"발로 땅을 딛는다. 하지만 강하게 할 필요는 없다. 힘을 앞으로 전달한다는 느낌으로 가볍게 내딛으면 된다."

쿠웅!

발로 땅을 박찼다.

신속한 속도와 함께 거리가 좁혀졌다. 그와 동시에 서

로의 시선이 교차되었다.

"주먹을 지른다. 하지만 단순히 내뻗는 것이 아니다. 적의 눈을 봐라. 완전히 파악해야 된다. 압도해야 된다. 그렇다면 단조로워지는 적의 움직임 정도쯤은 얼마든지 예상할 수 있다. 그 순간 적을 꿰뚫어라."

"이, 이 녀석이!"

노인의 눈동자에서 당황스러움을 읽었다.

그 순간 정현의 몸이 폭발적으로 가속하며 주먹을 내뻗었다.

퍼엉!

"큭!"

"……!"

순간 정적이 수위를 휩쓸었다.

의도한 것은 아니지만, 놀라움에 터져 나올 환호성을 양손으로 틀어막는 유나가 그러했고, 당혹감에 비명을 지를 뻔했던 노인이 그러했다.

그리고 마지막으로…….

'해, 해냈다.'

주먹을 통해 전해 오는 감각은 너무도 명백한 것이었다.

하지만 전과는 달랐다.

뇌에서 엔도르핀(Endorphin)이 쏟아지고, 혈관의 틈에서 아드레날린(Adrenaline)이 미친 듯이 날뛰었다.

전신을 찌릿하게 만드는 황홀감에 등골이 오싹할 지경이었다.

'오랜만이군. 이런 감각은 정말 오랜만이야.'

중동 지역에서 수십 명의 반정부군을 뚫고 임무를 수행했을 때나, 북한의 실력자인 '김격식'을 제거했을 때나 느껴보았을 충실감이었다.

"……힘없는 노인을 함부로 대하다니, 정말 버르장머리가 없는 녀석이군."

사실을 아는 사람이라면 뒷목을 싸잡을 이야기를 하던 노인은 이윽고 유쾌하다는 듯 웃음소리를 흘렸다.

"그래, 이렇게 나와야지. 그래야만 나로서도……."

"……!"

"마음 편히 널 박살 낼 수 있으니까!"

쿠웅!

"큭!"

노인의 발바닥이 땅속 깊숙이 족적을 남긴다.

그 순간 사방으로 뿜어지는 진한 투기(鬪氣)가 정현의 목줄을 심하게 조여 왔다.

휘리릭!

"먹어라!"

　강렬한 투기에 시선을 뺏긴 사이, 노인의 몸이 그림자에서 솟구치기라도 했는지 정현의 뒤에서 주먹을 휘둘러 왔다.

　쒜에엑!

　햇빛을 받아서 새하얗게 백열하는 순백의 글러브를 보며, 지금의 순간과 어울리지 않지만 눈가가 시릴 정도로 아름답다는 생각을 했다.

　‘위험해!’

　뇌리를 자극하는 위험신호에 정현의 몸은 다리에서 힘을 빼고 그대로 주저앉았다.

　“쳇!”

　아슬아슬하게 머리카락을 스치고 지나간 쇼트 훅에 아쉬움을 달랜 노인은 옆으로 몸을 굴리며 위험한 서리에서 벗어나려고 하는 정현을 보고 그대로 걷어찼다.

　퍼억!

　“윽!”

　허리가 끊어질 것 같은 통증을 애써 참아 내며 정현은 노인의 힘을 반발력 삼아서 그대로 몸을 일으켰다.

　‘바로 공격이 올 것이다. 어디냐!’

　노인은 타고난 승부사였다.

　분명히 타격을 입힌 후, 생겨 난 기회를 놓치지 않을 것이다.

본능적으로 그것을 느낀 정현은 이를 악물고 전면을 훑
었다.

"하앗!"

더킹을 하며 하체를 잡아 오는 손을 발견한 정현은 노
려지고 있는 왼발을 뒤로 빼며 오른발을 축으로 빙글 돌
며 뒤차기를 시도했다.

"걸렸어!"

노인의 입가에 미소가 매달리며, 잽싸게 옆으로 몸을
이동하며 양손을 뻗어서 정현의 발목을 잡아 갔다.

"위, 위험해!"

발차기를 할 때마다 노인의 손에 발목을 붙잡혔던 정현
의 모습을 기억하고 있던 유나가 경고를 했다.

휘익!

"응?"

노인의 손이 정현의 발목을 움켜쥐려는 순간, 거짓말처
럼 발차기가 멈추었다.

예상하지 못한 움직임에 몸이 굳어진 노인을 보며, 다
시 몸을 빙글 돌린 정현의 백핸드가 향했다.

"발차기란 강한 파괴력을 가지고 있지. 하지만 주먹보
다 스피드가 느리며, 읽기 쉽다는 단점이 있다. 애송이 네
녀석의 발차기도 마찬가지다. 정직한 공격은 결국 한계에
부딪치기 마련이니까."

‘전 발차기 수련도 클리어했습니다만……’

퍼억!

“큭!”

“서, 성공했어.”

유나의 눈동자가 토끼처럼 동그랗게 떠졌다.

한 번은 우연으로 치부할 수 있지만, 그것이 반복된다면 이야기는 다르다.

정현은 당당히 실력으로 노인과 맞대결을 펼치고 있다. 그것도 호각 이상으로 말이다.

“아아……”

그 순간 유나는 가슴 깊숙이 일어나는 묘한 감동을 느꼈다.

절대로 대적할 수 없을 것으로 판단했던 노인을 각고의 노력으로 성장한 정현이 상대하고 있었다.

그러한 성장에 중요한 역할을 담당했다는 자부심도 떨리는 감정에 큰 부분을 차지하였다.

“정말 대단해!”

“이 애송이 녀석이!”

환호성을 지르는 유나와 반대로 무겁게 가라앉고 있는 노인의 모습이 상반되었다.

정현은 가볍게 심호흡을 하며 냉정을 유지하려고 애쓰는 한편으로, 노인과 시선을 마주쳤다.

"전 변했습니다. 누구보다 강해지려는 저만의 이상(理想)이 짧은 시간이지만, 그것을 가능하게 했습니다."

"……."

"무엇이 당신을 그렇게 무너트렸습니까? 저는 결코 그렇게 되지는 않습니다. 만약 지금의 승부에서 제가 무릎을 꿇는다고 하더라도 포기하지 않을 테니까요."

꾸욱!

뜨겁게 달아오른 심장이 말했다.

눈앞의 적은 아무것도 아니다.

도전해라.

강해져라.

꺾어 버려!

"네 녀석은 어떻게 태연할 수가 있지? 실패가 두렵지 않나? 다시 일어서기 힘들 정도로 철저하게 내동댕이쳐질 마지막 순간을 알고는 있나? 내가 마음만 먹으면 네까짓 녀석은 일순간에 짓눌러 버릴 수 있다."

"전 아직 젊습니다."

"……?"

"젊은 놈은 넘어져도 뼈마디가 물렁해서 크게 다치지 않는 법이거든요."

"그런 바보 같은!"

자신의 의견을 정면으로 반박하는 정현의 태도에 소리

를 치려던 노인은 꿰뚫어 버릴 듯한 시선에 말문이 막혔다.

조금의 거리낌도 없이 순수하게 자신을 응시하는 그 모습에서 진실성을 엿보았기 때문이다.

“큭! 정말로 그렇게 믿고 있다니…… 바보 같은 녀석이 아니라, 바보 그 자체로군.”

띠링!

[‘정체를 감춘 노인’이 노골적인 관심을 드러냅니다. 만약 대련을 청해 온다면 ‘버릇없는 애송이, 와라.’ 정도의 반응을 보여 줄 것입니다.]

‘성공인가?’

정현은 충분히 자신의 진심을 전했다고 생각했다.

이제 결과는 하늘에 맡길 뿐이다.

“네 생각은 잘 알았다. 하지만 그것과 별개로…… 승부는 내야지?”

“물론입니다.”

뜨겁게 달아오른 심장을 내버려 둘 수는 없지 않은가?

그 순간 정현과 노인의 뇌리에 ‘퀘스트’나 ‘시험’이라는 단어들은 그대로 사라져 갔다.

상대방을 노리는 맹렬한 투기(鬪氣)!

승리를 향한 강렬한 의지(意志)!

그것을 지켜보는 유나의 입가에는 어느새 본인도 모르

게 희미한 미소가 매달렸다.

▼　▼　▼

띵동!

"들어오세요."

인피니티(Infinity)사의 빌딩은 대한민국에서도 손꼽히는 규모를 가지고 있었다.

일단 메인 서버를 관리하기 위해 지하 3층부터 9층까지가 배정되었고, 지하 2층과 1층은 서버 관리팀의 업무를 처리하기 위한 사무실과 휴식을 취할 수 있는 룸들이 있었다.

물론 그 밑으로 지하 10층이 있지만, 그곳에 출입할 수 있는 것은 인피니티사의 사장과 고위급 임원들뿐이기 때문에 세상에 알려진 것은 없었다.

더불어서 지상으로도 50층의 높이를 자랑하여, 어지간한 주위 빌딩들은 허리 아래로 내려다볼 정도였다.

"보고드릴 것이 있어서 찾아뵈었습니다."

그러한 권위 있는 건물의 최정상 층을 차지하고 있는 인물.

인피니티(Infinity)사의 사장인 유민우였다.

"음, 궁금하군요. 어서 말씀해 보세요."

"알겠습니다. 그 전에 이 파일을……."

책상 위에 파일철을 올려놓고, 다시 뒷걸음질 쳐서 거리를 벌리는 인물은 올해로 30대 중반 정도 되어 보이는 남성이었는데, 개발팀의 팀장 자리를 맡고 있었다.

"호오, 윤 팀장, 이게 사실입니까?"

"그렇습니다. 금일 오전 11:27부로 락(Lock)이 해제되었습니다."

윤준용 팀장의 설명에 사장의 입가에 은은한 미소가 맺혔다.

한동안 속을 썩이던 고민거리가 말끔하게 해결된 것이다.

"혹시나 해서 묻는 건데, 그 대상자가 유나는 아니겠죠?"

"하하하! 사장님께서 그렇게 당부하셨는데, 제가 잊어버리겠습니까? 정상적으로 게임 플레이를 진행하는 유저입니다. 걱정하실 필요는 전혀 없습니다."

"후, 한시름 놓았군."

유민우 사장은 전 사장의 아들로서, 어렸을 때부터 경영에 참가하여 인피니티(Infinity)사의 규모를 10배 이상 키웠다고 평가되는 입지적인 인물이었다.

하지만 서비스를 하고 있는 가상현실게임 리얼(Real)의 인기가 너무도 폭발적이어서 수많은 외압에 시달리고 있는 형편이기도 했다.

'이럴 때 나와 혈연관계에 있는 유나의 실수는 물어뜯기 좋은 먹잇감이겠지. 항시 조심해야 한다.'

안도의 한숨을 내쉬면서도 긴장감을 늦추지 않는 민우는 확실히 범상치 않은 인물이었다.

"Code No—7의 락이 해제되면서 현재 총 7개의 히든 클래스가 리얼의 세계에서 활동하게 되었습니다."

"그럼, 앞으로 3개가 남은 건가?"

"그렇습니다. 차후 프로젝트를 진행하면서 히든 클래스의 숫자를 추가할 계획도 있지만, 희소성이라는 메리트를 쉽게 포기할 수 없기 때문에 개발팀 내부에서는 반대의 소리가 많습니다."

"확실히 히든 클래스라는 것은 함부로 건들 수 있는 것이 아니지. 그러한 난이도의 시험들을 통과하고 성공한 사람들이라면 그 자체만으로도 평범한 인물들은 아닐 테니까."

민우는 고개를 주억거리며 윤 팀장이 가져온 첫 번째 서류를 덮었다.

그리고 이어지는 침묵……

"……"

"……"

"이게 사실인가?"

"백방으로 알아보고 확인했습니다. 확신까지는 할 수 없지만 가능성이 있는 것은 사실입니다."

심상치 않게 굳어지는 민우의 표정에서 지금 나온 주제의 심각성을 알 수 있었다.

윤 팀장은 그러한 분위기를 읽으며 조심스레 말을 이어 갔다.

"그분에 대한 정보가 워낙 없는 것이 사실이잖습니까. 이번에 얻은 정보도 우연찮게 정말 간신히 얻은 것입니다."

"그렇다고 해서 신빙성이 없는 정보를 어떻게 신뢰하란 말인가?"

"……그 점에 대해서는 할 말이 없습니다. 하지만 벌써 2년입니다. 지푸라기라도 잡는 심정으로 그동안 수집한 자료를 모두 모아 보았습니다."

"이것이 전부라고?"

민우의 눈살이 찌푸려졌다.

두 번째 서류철 안에 들어 있는 내용물은 A4용지로 두 장 정도였다.

2년이라는 긴 시간을 조사했다고 하기에는 믿기 힘들 정도의 분량에, 민우는 고개를 절레절레 저었다.

"실망시켜 드려서 죄송합니다."

꾸벅!

민우의 불편한 심기를 읽었는지 정중하게 고개를 숙이

며 사죄를 하는 윤 팀장. 그러자 이번에는 민우가 당황하며 손사래를 쳤다.

"아니야. 항상 나를 위해 노력하는 자네의 마음을 잘 알지. 후, 이번에는 내가 너무 기대를 했나 봐."

"……."

"그건 그렇고, 그분은 여전히 그곳에 계신가?"

"네, 그렇습니다."

민우는 '그분'이 거주하고 있는 인피니티(Infinity)사의 지하 10층을 생각했다.

'지하 3층부터 9층까지는 실체를 감추기 위한 눈속임이지. 사실 가상현실게임 리얼(Real)의 서버를 생성하고 유지하는 것은 지하 10층이니까.'

더불어서 '그분'의 존재도 부각되었다.

가상현실게임 리얼(Real)을 개발한 위대한 과학자이자, 지배자라고 할 수 있는 존재!

"몰래 외출하거나 그런 움직임은 없으신가?"

"컴퓨터로 출입증 상태를 확인하니, 항상 Off 상태셨습니다."

"정말 속을 알 수 없는 분이군."

가상현실게임 리얼(Real)을 개발한 뒤로 24시간 지하 10층을 떠나지 않고, 그곳에서 생활하고 있는 상황이다.

벌써 3개월째 이어지고 있는 '기행'이기에 슬슬 사장

인 민우도 의구심과 불안함을 느끼고 있는 상태였다.

"그분에게 특이 사항이 발생하면 곧바로 알려야 하네."

"네, 알겠습니다."

그 말을 끝으로 인사를 한 뒤, 뒷걸음질 쳐서 사장실을 빠져나가는 윤 팀장.

그러자 침묵이 주위를 장악한다.

사각, 사각!

서류 위로 사인을 하기 위해 펜을 놀리는 소리만이 외로이 울려 퍼졌다.

▼   ▼   ▼

[선택의 기로—Ⅲ]

등급 : —

설명 : 강하다는 말은 무엇일까?

단순한 물리적인 힘? 권력? 재력? 답을 찾기 어려운 문제다.

하지만 그에 대한 기준은 있다.

악(惡)을 심판하기 위해 신을 외면한 그는 원하지 않았지만, 대륙의 수많은 사람들은 입을 모아서 말한다.

'그는 전설이다!'

조건 : 정체를 감춘 노인의 인정을 받아라.

'해냈다!'

속으로 파이팅 포즈를 취하며 즐거워하던 정현은 마지막을 짐작하며 노인을 바라보았다.

"큭! 정말 잘했다. 이제 더 이상 애송이라고 부르기도 뭐하군."

결과적으로 정현은 패했다.

하지만 이틀 동안의 변화는 노인의 가슴에 깊은 폭풍을 일게 했고, 정현을 인정할 수밖에 없도록 만들었다.

"네가 가지고 있는 재능은 '투기(鬪氣)'다. 그야말로 싸우기 위해 태어난 존재를 위한 능력이지."

띠링!

[스테이터스 창에 새로운 능력이 추가되었습니다.]

['테라' 님의 클래스 전직 습득 능력치가 투기(鬪氣)로 설정되었습니다.]

[자세한 설명은 스테이터스 창에서 확인하세요.]

"이건……."

정현의 눈빛이 기대감으로 빛났다.

10레벨에 도달하게 되면 클래스 설정 퀘스트를 진행할

수 있게 되고, 그 과정에서 하나의 추가 능력치를 부여받
게 된다.

　'추가되는 능력치는 실로 엄청난 것부터 어이없을 정도
로 황당한 것까지 다양하다고 했지? 과연 내게 생성된 능
력치는 어떤 것일지…….'

投技(鬪氣) ― [0]
[특수상태 이상에 저항할 확률을 갖습니다.]
[프로그램상의 계산 확률이 적용됩니다.]
[HP가 10% 이하일 때, 투기의 능력치가 랜덤으로 두 가
지 능력치에 더해집니다.]

"이, 이럴 수가!"

"왜 그래?"

깜짝 놀라서 굳어진 정현의 모습에 무슨 큰일이라도 벌
어진 것이 아닌지, 주위를 살피는 유나였지만 어찌 알겠
는가?

지금 정현이 놀란 이유는 황당할 정도로 엄청난 추가
능력치의 존재 때문이라는 것을 말이다.

　'HP가 10% 이하가 되면 투기의 능력치가 랜덤으로
다른 능력치에 더해진다고? 그렇다면, 만약 투기가 10
이라면 HP가 10% 이하일 때 근력, 민첩, 체력, 지능,

집중, 행운 중에서 두 가지 능력치가 +10이 된다는 거
잖아.'

물론 랜덤이기 때문에 정현의 전투력 발휘에 별로 중
요하지 않은 지능이나 행운 등이 올라갈 수도 있지만,
아무튼 엄청난 능력치라는 것은 변하지 않은 사실이었
다.

띠링!

[선택의 기로—IV]

등급 : ―

설명 : 강하다는 말은 무엇일까?

단순한 물리적인 힘? 권력? 재력? 답을 찾기 어려운 문
제다.

하지만 그에 대한 기준은 있다.

악(惡)을 심판하기 위해 신을 외면한 그는 원하지 않았지
만, 대륙의 수많은 사람들은 입을 모아서 말한다.

'그는 전설이다!'

조건 : 플레이어의 '선택'

보상 : 클래스 설정

'이제 마지막인가?'

클래스 설정 퀘스트의 마지막 단계였다.

그렇게 마음의 준비를 하고 있던 정현에게 노인이 나지막한 목소리로 이야기를 시작했다.

"나는 비참한 전쟁고아로 태어났다. 용병과 창녀의 원치 않는 생명으로 태어나서 다섯 살 때부터 무기를 잡아야 했고, 썩은 물을 마시며 곰팡이 낀 빵을 씹었다."

"아아……."

클래스 설정 퀘스트의 내용을 알고 있는 유나는 정현이 성공을 눈앞에 두고 있다는 사실을 깨달았다.

아니, 이미 성공한 것이나 다름이 없다.

'결국 해내다니.'

들리는 소문에 의하면 Code No—7의 Lock은 히든 클래스 중에서도 최상위권이라고 했다. 그런데 그런 엄청난 난이도의 퀘스트를 눈앞의 남자는 사흘 만에 해결해 버린 것이다.

"쳇! 이러면 인정해 줄 수밖에 없잖아."

약간은 쑥스럽게 웃고 있는 유나의 뒤로 노인의 목소리가 이어졌다.

"그렇게 전쟁터에서 비참하게 뒹굴고 있던 날 구해 준 분은 운명의 신 '레아' 님을 모시는 프리스트셨지. 난 그 길로 새로운 삶을 살게 되었다. 레아 님의 신실한 종으로서 말이다."

노인은 국어책이라도 읽는 것처럼 무뚝뚝하게 이야기

했다.

하지만 정현은 느낄 수 있었다. 그 안에 스며 있는 진한 고통과 슬픔의 감정들을 말이다.

"그러다가 나는······."

'응?'

정현의 눈앞이 점점 흐려지기 시작했다.

처음에는 알 수 없는 현상에 당황하다가 이것이 웬만해서는 보기 힘들다는 '스토리 보드(Story Board)'라는 것을 깨닫고, 전신에 힘을 풀며 편안한 자세로 관찰자의 자리를 받아들였다.

"운명의 앞에 서 있는 미천한 종이 어머니의 신실한 다섯 번째 축복을 뵙습니다."

"어머, 카르얀. 둘만 있을 때는 그런 말은 하지 않기로 했지!"

몽환적인 안개가 물결치고, 새하얀 빛이 포말처럼 부서지는 아름다운 공간의 중심에는 순백의 대리석으로 우아하게 세워진 '레아' 여신의 신전이 있었다.

"저, 전 그러니까······ 아우!"

꾸욱!

"못 써! 어린애는 어린애다워야지. 후훗, 어려운 생각 같은 것은 하지 말고 마음이 움직이는 방향대로 행동하렴."

카르얀의 양 볼을 쭈욱 잡아당기며 백옥 같은 미소를 짓는 여성은 밟고 있는 대리석보다 찬란하게 느껴지는 금발을 찰랑거리며 그렇게 다가왔다.

'저 꼬마가 설마……'

그 광경을 지켜보고 있던 정현은 마치 전지적 작가 시점의 주인처럼 모든 사실을 알았고, 평생을 꼬장꼬장한 고집으로 살아왔을 것 같은 노인의 색다른 모습에 신선한 충격을 느꼈다.

"넬 님! 궁금한 것이 있습니다."

"호호, 우리 카르얀이 어떤 궁금증이 있는지 듣고 싶은데?"

카르얀의 손을 붙잡고, 신전 내부에 있는 정원을 거닐던 '넬'이 고개를 끄덕이며 물었다.

"카이트란 왕국은 우리가 모시는 '레아' 여신을 배척하고, 과거에는 교단을 탄압하기도 했다는 사실을 들었습니다. 그렇다면 우리의 적이라는 뜻인데, 어째서 넬 님은 저들을……"

한낱 수련 신관의 신분으로 교단의 다섯 번째 지위의 프리스트인 넬에게 이런 질문을 던진다는 것이 스스로도 건방지게 느껴졌는지, 마지막에 가서는 말끝을 흐렸다.

하지만 이미 전하려고 하는 내용은 모두 알게 된 상태였기에 넬은 부드러운 미소와 함께 카르얀의 머리를 쓰다듬었다.

"카르얀, 세상에서 가장 공평한 것이 무엇인지 알고 있니?"

"잘 모르겠습니다."

카르얀은 솔직하게 대답을 하며, 힐끔 고개를 들어서 넬의 어깨 너머의 치료실을 바라보았다.

일주일 전부터 묵고 있는 카이트란 왕국의 기사들이 눈에 밟혔다.

"그것은 바로 운명이란다. 신분의 귀함과 천함에 관계없이 모든 존재들은 자신만의 길을 가지고 있고, 그것을 환하게 밝혀 주는 것을 바로 운명이라고 한단다."

"아……!"

"그들이 전쟁에서 패하여 이곳으로 오게 된 것을 비롯하여, 평소 하찮게 생각하던 우리에게 도움을 청한 것도…… 마지막으로 그런 그들을 우리들이 보살피고 있는 것도 운명일진대, 그런 운명의 여신인 '레아' 님을 섬기는 우리가 그들을 핍박해서는 되겠니?"

"아, 아닙니다. 절대로요."

"그래, 지금의 그 마음을 절대 잊지 말고 잘 간직하렴."

카르얀은 불행했던 과거를 망각할 정도로 행복했다.

칠흑 같은 마음속의 광기와 공포를 단번에 거둬 버리는 태양과 같은 '넬'이 항상 함께 있었기 때문이다.

'드디어 18살이야. 이제 당당하게 말할 수 있어.'

어린 시절부터 많은 시간이 지났다.

이제는 장성하여 18살의 건장한 청년으로 변한 카르얀은 심부름을 끝내고 신전으로 돌아가기 위해서 바삐 발걸음을 옮기고 있었다.

'정식으로 몽크(Monk)의 직위도 받았고, 이것도 어렵게 구했으니까.'

카르얀은 씨익 웃으며 품속의 선물을 생각했다.

평소 물욕이 없는 '넬' 조차도 신성교국에 있는 레이 어신의 대신전에 방문하였을 때 보았던 이 물건에게 아쉬움을 보였던 기억이 아직도 선명했다.

'많이 기뻐하겠지. 하하하, 성공할 수 있을까?'

카르얀은 넬과 자신의 나이 차이를 조심스레 가늠해 보며, 띠동갑쯤은 얼마든지 극복할 수 있다고 힘찬 파이팅 포즈를 취하며 한 걸음씩 걸음을 떼었다.

화륵, 화르륵!

"음, 그러고 보니, 아까부터 이상한 냄새가 나는데. 뭐지?"

신전은 카렌 왕국의 외진 곳에 위치하여 인적이 드물고, 숲이기 때문에 더욱이 이러한 냄새가 퍼질 이유가 없었다.

"킁킁!"

타닥, 타다닥!

"어, 어어? 이건…… 불이야, 불이야!"

숲의 안쪽에서 영역을 확대하고 있는 불줄기들을 보면서 고래고래 소리치는 카르얀.

그러다가 이내 신전 안쪽에 있을 '넬'을 생각하며, 황급히 상의를 벗어서 수통의 물로 적시고 얼굴 쪽을 싸맨 후 안쪽으로 뛰기 시작했다.

"네, 넬! 네엘!"

"정말이지, 개구쟁이로 자랐군요. 이렇게 늠름하게 자랐는데도 여전히 안기는 것을 좋아하다니."

"어디야? 말 좀 해 봐!"

"으음, 좀 곤란하네요. 아무리 사춘기라지만, 카르얀은 제가 업어서 키운 것이나 마찬가지인데. 말을 놓고 싶다니, 후…… 어머니들은 자식들을 보며 다들 이런 고민을 할까요?"

안쪽으로 들어갈수록 매캐한 연기가 사방을 뒤덮었고, 지옥을 방불케 하는 불길들이 먹잇감을 찾는 맹수처럼 거칠게 주위를 휩쓸고 있었다.

“제발 대답 좀 해!”

불에 타다만 신관복을 볼 때마다 가슴이 철렁 내려앉았다.

숯덩이가 되어서 갈 길을 잃어버린 시체들은 하나같이 오랫동안 웃음과 행복을 공유했던 형제자매들이었다.

‘어째서! 도대체 왜!’

신전에 있는 인원들은 하나같이 신성력(神聖力)을 사용할 수 있는 존재들이었고, 산불이 난다고 해도 우습게 소화(消火)시킬 것이 뻔했다.

‘그렇다면 도대체…… 설마, 저건 검상(劍傷)?’

카르얀의 시야에 무너진 벽에 몸을 기댄 채 목과 어깨로 이어지는 라인이 날카롭게 절단되어서 활활 타오르고 있는 시체가 들어왔다.

두근, 두근!

불안감이 뇌리를 짓눌렀다.

지금의 이 사태는 인위적인 것이다. 그러한 생각이 드는 순간, 잔혹함에 비명을 내지를 수밖에 없는 끔찍한 상상들이 눈앞을 스쳐 지나갔다.

“으으…… 으아아아!”

미친 듯이 비명을 내지르며 화마(火魔) 속으로 돌진했다.

옷이 타들어 가는 것도 모르고, 피부가 시뻘겋게 달아

올라서 익어 가는 것도 인식하지 못했다.

지금 카르얀의 머릿속에는 오직 한 가지 '넬'만이 존재했다.

"아……!"

그리고 그 순간 발견할 수 있었다.

"네, 넬 님!"

평소 산책 코스가 되어 주던 신전의 정원에서 그녀를 찾을 수 있었다.

폭발할 것같이 펌프질을 해 대는 심장을 애써 억누르며 조심스럽게 넬에게 다가갔다.

"무, 무사하셨군요."

뒤돌아서 있는 넬의 주위에는 불길이 침범하지 않았고, 옷가지 등도 깨끗했다.

그것만으로도 이러한 상황에서 침착함을 찾을 수 있는 스스로가 황당했지만, 이내 마음을 다잡고 넬에게 다가갔다.

"어서 이곳을 피해야 합니다. 제가 앞장서겠습니다."

지이이잉!

그 순간 카르얀은 알 수 없는 이명(耳鳴)을 느꼈다.

정체를 알 수 없는 불안감…… 그것은 곧 현실이 되었다.

털썩!

“어, 어어? 으아아아!”

실이 끊어진 연극 인형처럼 무너져 내리는 넬을 보며 아무것도 할 수 없었다.

그저 머릿속에 차오르는 비참함과 분노에 광인처럼 비명을 내지를 뿐이다.

“응? 아직 생존자가 있었군.”

“아아, 아직까지 살아 있는 것을 보니 중요한 인물일지도 모릅니다.”

“그렇다면 알고 있는 것도 많겠지. 이봐, 너 혹시 ‘레아의 거울’이 어디 있는지, 알고 있냐? 말만 잘한다면 목숨은 살려 줄 수 있으니, 생각 잘해 봐.”

“……”

모든 사고가 정지되며, 쓰러지는 넬의 모습만이 반복적으로 재생되었다.

심장을 칼로 도려내는 듯한 고통과 함께 무의식중에 눈물이 흘러내렸다.

“응? 이 녀석 미쳐 버린 것 같은데?”

“뭐라고? 제길, 그럼 레아의 거울을 어디 가서 찾지?”

멍한 표정으로 장승같이 서 있는 카르얀을 보며 투덜거리기 시작한 습격자들은 하나둘씩 정원으로 모습을 드러냈다.

“이런 변방의 쓰레기 같은 신전에 온 것도 다 그것을 찾기 위해서인데, 만약 아무런 성과도 없이 돌아간다면…… 이봐, 정말로 보긴 본 거야?”

“후, 나하고 군터가 이곳 치료소에서 한 달이 넘게 있었는데, 그걸 모르겠어? 분명히 있었으니, 의심하지 말고 좀 더 샅샅이 뒤져 보라고.”

‘……뭐?’

그 순간 짧게나마 카르얀의 의식이 돌아왔다.

군데군데 혈흔으로 붉은 장미꽃이 피었지만, 습격자들의 복장은 평범하지 않았다.

기사의 상징이라고 할 수 있는 플레이트 메일과 품위가 느껴지는 고급스러운 검은 그들이 보통의 신분이 아니라는 것을 알려 주었다.

그리고 무엇보다…….

‘저건!’

플레이트 메일의 가슴 부위에 그려진 문장이 드러났다.

그것은 카이트란 왕국의 상징이라고 할 수 있는 두 개의 머리를 가진 그리핀(Griffin)의 모습이었다.

쩌저정!

그 순간 깨어져 나갔다. 부서졌다.

마음을 흔들었던 넬과의 추억이 일그러지며, 추악하고 폭발할 것 같은 분노가 그 자리를 대신했다.

‘뭐가, 뭐가 운명이죠? 설마 이런 빌어먹을 일이 운명?’

하늘을 바라봤다.

이런 지옥과 같은 아수라장 속에서도 고고하게 빛나고 있는 새하얀 달이 괜스레 원망스럽다.

‘함께 보았던 하늘은 여전히 높고, 달은 아름다운데…… 왜 당신은 그렇게 있습니까?’

눈물을 멈출 수가 없었다.

서럽다.

분하다.

단단하게 응어리져 있던 감정이 봄을 맞이한 폭포수처럼 녹으며 흘러내렸다.

‘그러게 제가 말했지 않습니까, 저들은 적이라고.’

“그래, 지금의 그 마음을 절대 잊지 말고 살 간직하렴.”

‘아니라니까요, 저들은 적이라니까요.’

움찔!

마지막 독백을 끝으로 영상이 끊어져 버렸다.

무의식중에 존재하던 넬의 당부가 그렇게 흩어지고 있을 때, 카르얀은 눈물을 멈췄다. 그리고 진심으로…… 진심으로 미소를 지었다.

"당신들, 운명(運命)이라는 말을 믿어?"

테라력 2752년 카이트란 왕국의 수도가 무너졌다. 역사에는 영원히 '전설'로 기록될 한 남자에 의해서…….

"윽!"

스토리 보드(Story Board)가 종료되었을 때, 약간의 현기증을 느끼며 정현의 의식이 돌아왔다.

"난 수없이 죽이고, 또 죽였다. 셀 수 없는 존재들의 운명을 지워 버리고, 지금 이 순간 이렇게 존재하지."

"……."

"그래서일까? 어느 순간부터 나는 신성력(神聖力)조차 발휘할 수 없게 되었다. 운명의 신에게 버림을 받은 거지. 하지만 상관없었다. 나에게 중요한 것은 복수였기에……."

띠링!

['정체를 알 수 없는 노인'에 대한 정보를 얻었습니다.]

[테라 대륙의 역사에 한 획을 긋는 놀라운 인물에 대한 정보를 접하며, 명성치(+100)가 상승합니다.]

[고난의 길을 걷는 전설의 수사(修士), 절망의 몽크(Monk) 카르얀의 정보를 획득하였습니다.]

"더 이상 내가 걷고 있는 길은 빛이라고 할 수 없지. 너에게 몽크(Monk)의 길을 제시해 줄 수는 없다. 그렇

다면…… 내가 걷고 있는 피의 길을 이어 갈 생각이 있는
가?”

꿀꺽!

순수하게 압도되어 버렸다.

눈앞의 노인은 이제 더 이상 ‘정체를 알 수 없는 노인’
이라고 평할 수 없는 존재가 되었다.

전신에서 터질 듯 뿜어져 나오는 기세와 사람을 자연스
레 내려다보는 위압감은 정현의 심장을 두근거리게 만들
었다.

제삼자의 입장에서 그것을 지켜보고 있던 유나까지
도…….

“당신이 버리고 말았다는 운명(運命)…… 제가 한번 이
어 보겠습니다.”

“쿡! 끝까지 건방진 소리를 하는 애송이로군. 좋아, 난
이미 지쳤다. 내가 걸어 왔던 길이 그릇된 것인지, 올바른
것인지는 이제 너에게 달렸다.”

띠링!

[퀘스트 ‘선택의 기로—Ⅳ’를 클리어하였습니다.]

[히든 클래스 ‘스트라이커(Striker)’로 설정되었습니
다.]

[신성력을 잃어버린 카르얀은 평생 동안 극한의 신체
수련을 통해 새로운 경지를 개척하였습니다. 누구보다 강

한 공격과 파괴를 통한 궁극의 무(武)를 보유할 수 있습니다.]

[클래스 설정을 통한 '보너스 포인트'를 획득하였습니다. 스테이터스 창에서 분배할 수 있습니다.]

[카르얀에게 기본적인 스킬들을 전수받습니다. 스킬 창을 오픈하여 확인할 수 있습니다.]

[카이트란 왕국과 '적대 관계'가 형성됩니다. 종족과 관계없이 같은 휴먼족일지라도 국적에 따라서 PK가 가능하게 됩니다.]

[신성왕국과 '우호 관계'가 형성됩니다. 종족과 관계없이 성직자 계열의 클래스 소유자와는 호감도를 쌓을 수 있습니다.]

[천, 가죽, 경갑 방어구 착용이 가능해집니다. 중갑 방어구 이상은 페널티가 부여됩니다.]

[장갑, 너클, 건틀릿 종류의 아이템에 특화됩니다. 각 아이템 별로 스피드와 데미지, 방어력에 가산점이 부여됩니다.]

"스트라이커(Striker)?"

"신성력을 사용하는 몽크는 강하다. 하지만 인간이 진정으로 강할 때는 하나의 기술을 극한까지 갈고닦았을 때지."

꿀꺽!

오두막집 앞의 공터에 긴장감이 감돌았다.

정현은 두근거리는 심장을 붙잡고, 얼른 스테이터스 창을 열어보고 싶었지만, 노인의 진중한 태도가 그것을 제지했다.

아직 뭔가가 남아 있는 것이 분명했다.

"자, 보여 주마."

휘이잉!

내려앉은 침묵 사이로 바람이 먼지들을 휩쓸고 지나갔다.

바늘 떨어지는 소리조차 울릴 것 같은 고요함 속에서 유나와 정현의 시선은 카르얀을 향해 못 박혔다.

"먼저 주먹이다."

스윽!

시냇물이 흘러가는 것처럼 잔잔한 움직임이었다.

양다리가 벌어지며, 균형을 잡고 왼손은 후퇴하며 갈비뼈 쪽을 점했다.

허리가 쫙 펴지며, 어깨와 등 쪽의 근육이 소리 없는 아우성을 질렀고, 마지막으로 뒤쪽으로 살짝 당겼던 오른손이 공간을 가르며 전진했다.

"후우…… 다음은 발차기다."

휘리릭!

왼발이 축이 되어서 자연스럽게 몸이 회전했다.

다리서부터 허리를 넘어 뒤로 젖힌 목뼈까지 완만한 곡선을 이르며, 완벽한 중심을 잡아 냈다.

그리고 그 순간 접혀 있던 오른발이 스프링이 튕기듯 탄력적으로 뻗어 나가며 허공을 때렸다.

"아……!"

그 순간 정현의 시선이 멍해졌다.

명확하게 정의할 수는 없지만, 등골이 오싹해지는 감각을 맛보며 시선을 빼앗겨 버렸다.

카르얀의 평범하게 보이는 동작 하나하나가 정현에게는 신세계였고, 앞으로 지향해야 할 목표나 다름이 없었다.

"테라, 네가 이것을 이해할 수 있을 때…… 우리는 다시 만날 수 있을 것이다."

"……!"

처음으로 불러주는 '애송이' 라는 단어를 제외한 이름이었지만, 그것이 뜻하는 것은 이별이기에 울적함이 차올랐다.

"이것은 마지막 선물이다. 그럼, 다음번에는 전장에서 보기를 기대하지."

띠링!

['넬의 로사리오' 를 획득하였습니다.]

[소지하는 것만으로도 굉장한 아이템. 신성왕국에서 이

성물(聖物)의 가치에 대해서 평가받는다면 충격을 받고,
뒤로 넘어갈지도 모릅니다.]

[명예롭고, 기품 있는 아이템을 접하여, 명성치(+30)
가 상승합니다.]

"이건……."

스토리 보드에서 보았던 카르얀이 넬을 위해 신성왕국
까지 가서 구해 온 소중한 성물(聖物)이었다.

"아!"

그렇게 정현이 순백의 십자가에 정신이 팔린 사이, 눈
앞의 오두막과 숲이 흐려지기 시작하더니 눈 깜빡할 사이
에 자취를 감추었다.

"놀랄 필요는 없어. 원래 히든 클래스의 설정을 위해
준비된 공간이기 때문에 사라지는 셧뿐이니까."

"그런가?"

이 모든 것이 꿈인 듯 흐려지는 기억 속에서 눈부시게
반짝이는 넬의 로사리오가 시선을 사로잡았다.

그렇게 정신이 팔린 정현을 지켜보던 유나는 피식 웃으
며 말했다.

"나 아직 클래스 설정을 안 했거든? 30레벨이 넘어가
는데도 새롭게 시작하려니, 어떤 것을 골라야 할지 난감
하더라."

"……"

뜬금없는 유나의 말에 무표정하게 쳐다보는 정현.

그에 아랑곳하지 않고 이야기는 계속해서 이어졌다.

"포기하지 않는 너의 모습에서 많은 것을 배웠어. 후훗, 나도 힘차게 전진하려고. 다음에 다시 만났을 때는 몰라볼 정도로 변해 있을걸?"

"……."

슬슬 유나의 표정이 찡그려졌다.

사람이 이렇게 진지하게 말한다면 사소한 반응이라도 있어야 하는 것이 아닌가?

하지만 정현은 뭔가에 홀린 사람처럼 '넬의 로사리오'만 바라보고 있으니, 유나로서는 얄밉기가 그지없었다.

"우우…… 야! 나 좀 보라고. 사람이 말을 하면 봐 줘야 될 거 아니야!"

결국 참지 못해서 빽 하고 소리를 지르는 유나였고, 그제야 정신을 차린 정현은 멀뚱멀뚱한 눈빛으로 그녀를 바라봤다.

"에헴! 이제야, 올바른 청중의 자세가 되었네. 어디까지 이야기했더라? 으음, 맞다. 내가 하려는 클래스는……."

"그런데……."

"응?"

　자신의 말을 자르고 들어오는 정현이었지만, 처음으로 보여 주는 반응이기에 유나는 기쁜 미소로 그것을 반기며 이어지는 말을 기대했다.

“넌 뭔데 반말이냐?”

“에엑!?”

둘 사이에 정적이 내려앉았다.

▼　▼　▼

“두, 두고 봐! 두고 보자고!”

마치 만화 속의 악당들이 사라질 때 남기는 듯한 대사를 내뱉고는 작별을 고한 유나.

무덤덤하게 그것을 지켜보던 정현은 스테이터스 창을 열었다.

[Player Status]

닉네임 — [테라]

레벨 — [Lv. 10]

클래스 — [스트라이커(Striker)]

칭호 — [無]

명성 — [179 / 미미한]

근력 — [8] / 민첩 — [8] / 체력 — [5] / 투기 — [0]

지능 — [1] / 집중 — [4] / 행운 — [2]

HP — [50 / 50] / MP — [40 / 40] / SP — [100%]

공격력 — [8]+8 / 방어력 — [5]+3

공격 속도 — [0.08%]

회피율 — [0.02%]

크리티컬 — [0.02%]

속성 — [無]

Point — [10]

"보너스 포인트가 10개나 주어졌군."

근력에만 집중한다면 단번에 공격력을 두 배 가까이 올릴 수 있는 수치였다.

그 외에도 특수 능력치인 투기가 눈에 들어왔지만, 냉정하게 생각하니 항상 적용되는 다른 능력치들과 다르게 HP가 10% 이하로 떨어질 때만 발동되기 때문에 모처럼 얻은 보너스 포인트를 투자할 생각은 들지 않았다.

'수련이나 전투 등을 통해서 상승시켜야겠군.'

그렇게 생각을 정리한 정현은 근력과 민첩에 3씩을 투자하고, 체력과 지능에 남은 포인트를 2씩 나누어 투자했다.

‘액세서리 종류의 아이템을 착용하기 위해서는 지능 능력치가 필수라고 하니까…….’

보너스 포인트를 얻을 수 있는 기회가 언제 올지 모른다.

만약 이번에 지능에 투자하는 것을 아꼈다가 액세서리를 착용하지 못하여, 지능 능력치를 향상시키기 위해 도서관에서 몇 날 며칠을 박혀 있어야 하는 경험 따위는 백배 사양하고 싶은 정현이었다.

"스킬 창 오픈!"

[커먼 스킬(Common Skill)]

▷ [카운터 어택(Counter Attack)] ― 초급 Lv. 2

[클래스 스킬(Class Skill)]

▷ [체술(體術)] ― 초급 Lv. 1

▷ [강권(强拳)] ― 초급 Lv. 1

▷ [유권(柔拳)] ― 초급 Lv. 1

▷ 체술(體術) 스킬의 숙련도가 부족합니다.

▷ 강권(强拳) 스킬의 숙련도가 부족합니다.

▷ 유권(柔拳) 스킬의 숙련도가 부족합니다.

"이건……."

새롭게 클래스 스킬이 세 개나 생겨나고, 숙련도에 따라서 앞으로 더 많은 스킬을 얻을 수 있게 되었다.

정현은 기대를 하며, 스킬의 정보를 확인하기 위해 세부 설명 창을 활성화시켰다.

[체술(體術)]

계열 : 패시브(Passive)

등급 : 초급 Lv. 1(0.00%)

능력 : 체력(+3) / 특수상태 이상 저항

설명 : 신체의 움직임을 정밀하게 조정한다.

강인하고, 지속적으로 단련된 신체는 쉬지 않고 움직일 것이며, 적의 공격을 막아 내는 강력한 방패가 될 것이다.

천, 가죽, 경갑 등의 다양한 방어구를 착용할 시 움직임의 제한을 없애 준다.

[현재 스킬 레벨 1이 적용되고 있습니다.]

[일정 확률로 특수상태 이상을 저항합니다.]

'성장할 때마다 능력치를 향상시키는 스킬!'

전투를 통해서 근력과 민첩은 잘 성장하고 있으나, 체력은 약간 뒤처지는 상태였다.

게다가 직업 특성상 근접전을 주로 함에도 경갑 이상의

방어구를 착용할 시 페널티가 있는 정현으로서는 HP와
방어력을 상승시키는 체력 능력치에 많은 신경을 쓸 수밖
에 없었다.

　게다가 전투에서 주요한 키워드라고 할 수 있는 특수상
태까지 저항할 수 있으니, 금상첨화(錦上添花)였다.

[강권(强拳)]

계열 : 액티브(Active)

등급 : 초급 Lv. 1(0.00%)

능력 : 근력(+3) / MP(초당 —1)

설명 : 강력한 타격기로 적을 무릎 꿇린다.

최고의 공격을 지향하는 스트라이커(Striker)에게 가장 어
울리는 공격법, 어깨가 들썩거릴 정도로 호쾌한 타격은 석
들의 전의를 상실시킬 것이다.

주먹은 물론이고, 발차기를 비롯한 신체 모든 부위의 공격
에 적용되는 강력한 일격들. 그런데 어째서 이름에 권(拳)
이 들어가는지는 묻지 말자.

[현재 스킬 레벨 1이 적용되고 있습니다.]

[유권(柔拳)과 중복 사용이 불가능합니다.]

　간단하게 말하자면 근력 강화를 목적으로 하는 버프 스
킬이었다. 더불어서 스킬 레벨이 향상됨에 따라서 추가적

으로 성장할 수 있기에 많은 이점이 있었다.

[유권(柔拳)]

계열 : 액티브(Active)

등급 : 초급 Lv. 1(0.00%)

능력 : 민첩(+3), MP(초당 ―1)

설명 : 부드러움으로 강함을 제압한다[柔能制剛]!

젊었을 때의 투지를 뛰어넘어서 이제 노련함을 깨우친 스트라이커(Striker)의 공격법이다.

적의 피부가 아닌, 내부에 충격을 주는 무시무시한 공격들!

주먹은 물론이고, 발차기를 비롯한 신체 모든 부위의 공격에 적용되는 심오한 일격들. 그런데 어째서 이름에 권(拳)이 들어가는지는 묻지 말자.

[현재 스킬 레벨 1이 적용되고 있습니다.]

[강권(强拳)과 중복 사용이 불가능합니다.]

'애매하군.'

정현이 바라던 일격에 강력한 데미지를 줄 수 있는 그러한 스킬들은 없었다.

다만, 기본적인 능력치를 상승시켜서 전체적인 전투력을 증가시키는 쪽으로는 더할 나위 없이 좋았다.

'게다가 숙련도를 향상시키면 추가적인 스킬들을 세 가

지나 얻을 수 있지.'

스킬이 많다고 해서 좋은 것만은 아니다.

한 우물만 파라는 말이 있다.

초급—중급—고급으로 이루어진 스킬의 단계에서 하나의 단계 차이는 어마어마하다고 할 수 있었다.

다양한 스킬을 사용하여 전투를 비롯한 다양한 활동들을 유리하게 풀어 나가던 유저들도 후반에 가서는 분산되어 버린 숙련도로 인해서 주력 스킬들의 레벨이 한 우물만 판 사람에 비해서 떨어질 수밖에 없는 것이다.

"지금은 히든 클래스라는 명성(名聲)에 비해서는 아쉽지만……"

대기만성(大器晚成)이라는 말이 있다.

큰 그릇을 만드는 데는 시간이 걸린다는 말로, 마찬가지로 큰 사람이 되려면 많은 노력과 시간이 필요하다는 것을 뜻하는 사자성어였다.

정현은 자신이 얻은 클래스가 그러할 것이라 믿어 의심치 않았다.

아니, 솔직히 그러한 복잡한 계산은 아무래도 상관없었다.

'진정으로 강한 것은 클래스가 아닌 내 자신이니까.'

그렇게 아쉬움을 달랜 정현은 마지막으로 카르얀이 남겨 준 유일한 아이템인 '넬의 로사리오'를 살폈다.

[넬의 로사리오]

등급 : 유니크(Unique)

계열 : 액세서리, 목걸이

재질 : 미스릴

제한 : 지능[15], 집중[10]

방어력 : 30[마법 방어력 적용]

옵션 :

1. 모든 능력치(+5)

2. 봉인(封印)된 신성력 사용(3회/1일)

3. 성(聖) 속성 상승(+20%)

4. SP 회복률 상승(+5%)

내구력 : 47(50)

설명 : 리얼의 세계에 영향을 미치는 슬픈 이야기를 간직하고 있는 목걸이다.

절망의 몽크 '카르얀'과 하이 프리스트 '넬'의 추억이 담긴 소중한 아이템으로, 운명의 교단에서도 세 손가락에 꼽히던 넬의 신성력이 봉인되어 있다.

'카르얀'의 인정을 받은 사람만이 사용할 수 있는 고귀한 아이템이다.

"이건……."

등급만 확인해도 말문이 막힐 수밖에 없었다.

리얼의 세계에서 오직 하나밖에 등장하지 않는 유일한 아이템이 바로 유니크(Unique) 등급의 아이템이었다.

다른 사람들이 가질 수 없는 자신만의 아이템을 가진다는 것도 메리트지만, 그 희소성만큼이나 강력한 능력은 사용자를 기쁨에 몸서리치게 만들 정도였다.

'사제 계열의 직업이 아닌데도 신성력(神聖力)을 사용할 수 있게 하다니, 그것이 비록 1일 3회 제한이라고 하지만……'

과연 노멀(Normal)—매직(Magic)—레어(Rare)—레전드(Legend)—유니크(Unique)로 이어지는 다섯 단계의 아이템 등급에서 최고의 등급에 어울리는 능력치였다.

'게다가 성 속성을 20%나 증가시켜? 그 말은 반대 속성인 암 속성의 경우는 20%를…… 다른 속성에게는 10%의 추가 데미지를 주고, 반대의 경우는 방어력 보정까지 받을 수 있다는 말인데.'

과연 유니크 아이템이라는 말이 절로 나올 정도였다.

물론 아이템 착용 제한을 확인하고는 한숨을 내쉬었지만, 이것은 도서관에서 노가다를 하여 지능 능력치를 올릴 정도의 가치가 있었다.

'지금 당장 한다는 말은 아니지만…….'

클래스 설정 때 부여받은 보너스 포인트가 아까워지는 순간이지만, 정현은 지나간 일을 후회하는 타입은 아니었다.

'언젠가는 착용할 수 있겠지. 그때까지는 은행에 보관해 두자.'

게임 오버를 당하여 넬의 로사리오를 드랍하거나 아이템이 파괴가 된다면 정현으로서도 엄청난 충격을 받으리라.

"……성으로 돌아가자."

변화된 모든 것들을 확인한 정현은 클래스 설정도 끝났겠다, 새로운 마음가짐으로 시작하기 위해서 성으로 귀환했다.

"오, 테라였던가? 예전에 한 번 봤던 기억이 나는군."

"왜? 아는 녀석이야? 그렇게 대단해 보이지는 않는데."

클래스 설정 퀘스트를 진행하면서 130의 명성치가 상승하자, 마냥 무시하기만 하던 경비병들의 반응이 달라졌다.

피식거리면서 그러한 기분을 만끽한 정현은 다리를 건너서 하몬 시로 진입했다.

띠링!

[도시에 진입하였습니다.]

[현재의 필드에서는 PK가 불가능하며, 지형이나 기상의 영향을 받지 않습니다.]

기분 좋은 메시지와 함께 정현의 머릿속이 정신없이 돌아가기 시작했다.

'앞으로 무엇을 해야 할까? 사냥? 퀘스트? 일단 모아 놓은 아이템들을 정리하고, SP를 회복하기 위한 음식들을 구입하자. 그리고 은행도 들려야겠지.'

정현의 수중에는 초보자치고는 제법 값이 나가는 '날카로운 단검'이 있었다.

스트라이커(Striker)로 클래스를 설정한 뒤부터는 사용할 이유가 없어졌기에 정리해야 했다.

"날카로운 단검? 초보자늘이 사용하기에는 좋은 무기지. 그래, 나에게 판다면 15실버 쳐주지. 응? 이것들도 함께 팔려고?"

"그렇습니다."

"호오, 이제 보니 제법 큰 고객이었군. 하지만 유명하지도 않은 모험가에게 높은 가격을 쳐주는 것은 내 자존심이 용납을 하지 않아."

"……알겠습니다."

"그래도 정중한 태도는 마음에 드는군. 게다가 대량으로 팔아 줬으니, 추가로 3실버를 붙여 주겠어. 총 25실버네. 어떤가?”

“좋습니다.”

애초에 장사꾼들과 흥정을 하는 것 자체가 무의미한 것
이다.

장사는 장사고, 전투는 전투다.

정현은 자신만의 전문 분야가 있다고 믿었기에 다른
유저들처럼 끈질기게 매달리거나 하는 짓은 하지 않았
다.

띠링!

[잡화점 주인 ‘올딘’에게 25실버를 습득하셨습니다.]

‘전 재산은 42실버인가?’

생각보다 돈이 벌리지가 않았다.

게다가 금방이라도 해어져 버릴 것 같은 초보자 의복을
수선하고, 빵집에서 최하 등급의 보리빵을 10개 구입하고
나자, 그나마도 25실버밖에 남지 않았다.

‘이 형편없는 방어구를 교체하려면 돈부터 벌어야겠군.
성 주변에 있는 사냥터에서 퀘스트와 중복되는 것들을 찾
아야지.’

정보 수집에 일가견이 있는 정현에게 그것은 약간의 귀
찮음 정도였다.

재빠르게 로그아웃을 하여, 인터넷을 통한 정보 수집에
들어간 정현은 곧 최고의 효율을 보여 주는 퀘스트와 사

냥감의 궁합을 찾아낼 수 있었다.

"고블린이라……."

다시 리얼의 세계로 접속한 정현은 하몬 성의 중앙에 있는 내성 옆의 경비대 건물을 찾아가서 1급 경비병인 'NPC 하멜'을 찾았다.

"안녕하십니까?"

"응? 처음 보는 녀석이군."

경비대의 건물 입구에서 꾸벅꾸벅 졸고 있던 30대 초반의 남성 NPC가 눈을 깜빡거리면서 말했다.

"전 모험가인 테라라고 합니다. 하멜 님께서 고블린을 소탕할 인원을 찾는다고 해서 왔습니다."

잡화점이나 빵집의 NPC들보다 더욱 예의를 갖추는 정현.

그도 그럴 것이 NPC 하멜은 하몬 시에서 가장 많은 퀘스트를 관리하고 있는 존재였기 때문이다.

"호, 자네가 고블린을 상대할 수 있다고?"

의심스러운 눈빛으로 정현을 아래위로 훑어보던 하멜은 고개를 갸웃하더니, 혼잣말을 중얼거리기 시작했다.

"이상해, 이상하다고. 분명히 고블린을 상대하기에는 약해 보이는데, 어쩐지 이름을 들어 본 것 같단 말이야?"

프로그램상으로 레벨 10인 정현은 고블린 사냥 퀘스트

를 습득할 수 없지만, 최근 130의 명성치 상승으로 미비하게나마 이름이 알려졌기 때문에 잠시 고민을 하던 하멜은 한숨을 내쉬며 말했다.

"하, 오늘은 기분이 좀 이상하군. 맘대로 해 보게. 하지만 고블린을 얕보지 않는 것이 좋을 거야. 놈들의 독침 공격은 매섭기로 소문이 났거든."

띠링!

[하멜의 고블린 사냥 의뢰]

등급 : E

설명 : 하몬 시의 동문 밖, 숲에는 비열한 붉은 손톱 고블린 부족이 서식하고 있다.

얌전하던 그들이 최근 숫자가 늘어나자 대담하게 여행자들을 습격하는 등의 골치 아픈 행동을 하여, 경비대에서 붉은 손톱 고블린을 사냥할 모험가들을 모집하고 있다.

1급 경비병으로서 입지를 다지고 있는 하멜의 의뢰를 무사히 수행한다면 더욱 많은 의뢰를 부여받을 수 있는 기회가 될 것이다.

조건 : 붉은 손톱 부족 고블린의 손톱[10]

보상 : 돈(+5S) / 명성치(+17)

보상을 제외하더라도 고블린은 재료 아이템을 많이

드랍하는 편이기에 돈을 모으기가 수월할 것이라는 생각에 최소 레벨 13의 고블린을 사냥감으로 정한 정현이었다.

'다음은 잡화점인가?'

잡화점으로 이동하여 이번에는 붉은 손톱 고블린의 독침[5]을 모아 오라는 퀘스트를 부여받았다.

두 번째 퀘스트는 보상으로 명성치는 없지만, [10]실버가 책정되었기 때문에 돈이 필요한 정현으로서는 만족스러운 미소를 짓게 했다.

"오크 사냥 파티 모집합니다. 25레벨 이상에 아이템, 컨트롤 모두 자신 있는 분들로 모집합니다."

"구리, 철광석 판매합니다. 지금 막 광산에서 캐 온 재료들입니다. 순도도 높습니다."

"매직 등급의 가죽 신발 팝니다. 옵션으로 민첩[2] 부여되어 있습니다. 80실버부터 경매 시작합니다."

웅성, 웅성!

고블린을 사냥하러 가기 위해 광장을 가로지르는 정현의 시야에 수백 명이 넘는 유저들이 들어왔다.

도시 중에서는 그나마 한적한 편인 하몬 시가 이 정도일진대, 다른 곳은 어떠하겠는가?

'후, 벌써부터 머리가 아프군.'

고개를 절레절레 흔들던 정현은 미래의 일을 벌써부터

걱정할 필요는 없다는 생각에 피식 웃고는 바쁘게 걸음을 옮겨서 광장을 지나, 하몬 시의 동문으로 빠져나왔다.

"이봐, 저 사람이 최근 들어서 조금씩 이름을 알리고 있는 니켈이야. 처번에는 붉은 오크 주술사를 물리치고 제기(祭器)를 구해 왔다지?"

"그래? 과연 등에 매달린 대검을 보니, 그 실력이 짐작되는군. 이번에는 무슨 일로 동문을 나서는 걸까?"

저레벨들의 사냥터가 많은 동문이라서 그런지, 유동 인구도 많았다.

덕분에 정현보다 높은 명성치를 가진 유저들을 대상으로 이야기를 하는 경비병들이었다.

띠링!

[도시에서 벗어났습니다.]

[아르고스 초원으로 진입합니다. 지도를 가지고 있다면 위치를 확인할 수 있습니다.]

[현재의 필드에서는 PK가 가능하며, 지형이나 기상의 영향을 받습니다.]

'드디어 제대로 된 사냥을 할 수 있는 건가?'

고블린들이 서식하는 숲은 하몬 시를 중심으로 북동쪽 방향에 있었다.

그리 멀지 않은 목적지로 바쁘게 걸음을 옮기면서도 정

현의 심장은 두근거리고 있었다.

'토끼, 여우, 늑대들…… 야생이라고 하지만, 그래 봐야 동물들이다. 하지만 고블린은 약하다고 평가를 받아도 몬스터니까.'

다시 한 번 피가 끓어오르는 감각을 맛보고 싶었다.

비명 소리와 긴장감이 공존하는 달콤한 전장의 향기가 아스라이 뇌리를 스쳤다.

저벅, 저벅…… 움찔!

"여긴가?"

도시 주변에 있는 초보자들의 사냥감인 토끼나 여우 등을 무시하고 걸음을 옮긴 지 10분쯤 지났을까?

울창할 정도는 아니지만, 제법 굵고 높은 나무들이 옹기종기 모여 있는 숲을 발견할 수 있었다.

띠링!

[붉은 손톱 고블린족의 숲으로 진입합니다.]

[현재 필드의 적정 레벨은 13~17입니다. 사용자의 레벨을 확인하시기 바랍니다.]

정현의 레벨은 클래스 설정을 한 뒤, 그대로다.

노리고 있는 사냥터의 적정 레벨보다 최소 3~7이나 부족한 상태다.

하지만 망설임은 없었다.

아름드리나무들이 우거진 숲으로 거침없이 걸음을 옮기

는 정현은 걸어오는 동안 소비된 SP를 체크하고, 장비들의 내구력을 살피며, 전투를 준비했다.

'앞서 있는 자들을 따라잡으려면 비슷한 수준으로 성장해서는 안 된다. 그들이 파티를 맺는다면 나는 개인으로…… 그들이 1~2레벨 높은 몬스터들을 사냥한다면 나는 그 이상의 몬스터들을 찾겠다.'

다시 발동된 승부욕이 정현을 자극했다.

하지만 그것은 양날의 칼과 같이 위험했다.

일반적으로 리얼의 몬스터들은 상당히 수준이 높기 때문에 고급 아이템을 착용하거나 컨트롤에 자신이 없다면 솔로잉으로는 동 레벨이나 1~2레벨 낮은 몬스터를 잡는 것이 일반적이다.

파티 사냥으로는 3~5레벨 정도 높은 몬스터를 사냥한다.

그런데 정현은 자그마치 솔로잉으로 3~7레벨 높은 몬스터들을 사냥하려고 하는 것이다.

사삭, 사사삭!

'한 마리? 아니 두 마리군.'

숲으로 진입한 지 열 걸음쯤 되었을까?

애타게 전투를 기다리던 정현에게는 절묘한 타이밍이었다.

나뭇가지의 이파리들이 흔들리며 대충이나마 적의 규모

를 알려 주었고, 정현은 손을 감싸고 있는 매직 급 아이템 '파워 너클'을 서로 맞부딪치며 전의를 다졌다.

"와라!"

"끼에! 인간이다. 우리 숲을 침입하다니."

"침입자는…… 끼끼끼! 용서하지 않는다!"

부자연스러운 발음으로 괴상한 소리를 섞어 가며 정현을 위협한다.

약 150cm 되는 초등학생 정도의 체격에 손에는 뭉뚝한 곤봉을 하나씩 들었고, 마귀할멈을 생각나게 하는 길쭉한 코와 호리호리하면서도 묘하게 근육질인 몸은 과연 평범함을 벗어난 몬스터라는 생각을 들게 했다.

"후, 강권(强拳)!"

띠링!

[강권(强拳) 스킬이 활성화됩니다.]

[근력(+3), MP(초당 —1)의 변화가 있습니다.]

시스템 메시지와 함께 정현의 전신에서 붉은 아지랑이와 같은 기운이 솟구치기 시작했다.

정현의 몸을 중심으로 회전이라도 하듯 일렁거리며 은은한 빛을 뿌려 대는 붉은 기운…….

아름답고 묘하게 몽환적인 그 모습은 구경하는 사람들이 있다면 아쉬움에 입맛을 다실 정도로 짧았다.

나타날 때와 같이 순식간에 정현의 전신으로 스며든 붉은 기운을 끝으로 화려하기 그지없는 스킬의 이펙트(Effect)가 종료되며 정현은 전투태세를 갖추었다.

"끼끼끼! 공격이다."

쒜에엑!

그사이 선공 몬스터라는 것을 알려 주려는 듯, 접근해서 뭉뚝한 곤봉을 휘둘러 오는 고블린.

별다른 특징이 없는 것을 보니, 레벨 13의 붉은 손톱 고블린이 분명했다.

'MP소모가 크다. 생각보다 빨리 끝내야겠군.'

근력이 3이 증가하는 효과가 있지만, 총 MP가 40밖에 되지 않는 정현으로서는 유용한 스킬인 '카운터 어택'을 사용할 MP가 신경 쓰이지 않을 리가 없었다.

터엉!

"음!"

고블린의 공격력을 알아보자는 생각과 얼른 끝내자는 생각에 피하기보다는 빗겨서 막아 낸 정현은 팔뚝을 은은하게 울리는 통증과 함께 3의 HP가 소모되었다는 시스템 메시지를 확인할 수 있었다.

'내 방어력이 8이니, 11 정도의 공격력을 가지고 있겠군. 무방비 상태에서 정타로 맞으면 5방에 게임 오버라……'

리얼의 사냥 난이도를 알 수 있는 대목이었다.

‘재미있군.’

씨익!

섬뜩한 미소와 함께 정현의 움직임이 시작되었다.

뱀이 나무를 타고 넘듯이 곤봉을 휘감아서 앞으로 바싹 당겨 버리는 정현. 그러자 방금 전 공격을 가했던 고블린이 앞으로 쓰러지듯이 끌려왔다.

콰직!

“끼익!”

물 흐르듯이 이어진 니킥이 무방비 상태로 끌려오던 고블린의 복부를 강타했고, 괴로움에 바닥을 나뒹구는 사이 두 번째 고블린이 괴성을 지르며 뒤에서 곤봉을 휘둘러 왔다.

콰앙!

“끼에?”

하지만 정현의 손바닥 안이었다.

예상하고 있던 공격이었기에 살짝 몸을 돌리는 것으로 공격을 무력화시킨 정현은 왼손으로 곤봉을 쳐 내고, 활짝 개방된 고블린의 가슴팍을 오른손으로 강하게 타격했다.

퍼억!

“케켁!”

정현의 공격은 상당히 강력했다.

동 레벨에 비해서 상당히 높은 근력 수치를 비롯하여,
해결한 유저가 손에 꼽히는 초보자 마을의 퀘스트 클리
어 보상으로 공격력 +8의 매직 급 무기도 착용하고 있
었다.

퍼억!

"윽!"

하지만 그렇다고 해서 13레벨의 몬스터를 우습게 볼 수
있는 것은 아니었다.

정현이 두 번째 고블린을 공격한 뒤 몸을 추스르는 사
이, 바닥을 뒹굴던 고블린이 곤봉으로 정강이를 후려쳤다.

'생각보다 반응이 좋군. 그렇게 나오셔야지……'

HP가 줄어들고 통증이 느껴졌지만, 정현의 반응은 오
히려 기꺼운 것이었다.

콰직!

"끼엑!"

사커 볼 킥으로 쓰러져 있는 고블린에게 응징을 해 준
다음, 포기할 줄 모르고 다시 뒤에서 덮쳐 오는 두 번째
고블린을 향해 '카운터 어택' 스킬을 사용하였다.

'그냥 잡아도 되지만, 스킬 숙련도를 신경 써야 하니
까……'

스킬의 능력으로 정현의 순간 속도가 30% 증가되고,
아슬아슬하게 곤봉을 빗겨 내며 주먹이 전진했다.

콰직!

"끼엑!"

띠링!

[고블린이 비명을 지를 수밖에 없는 굉장한 공격! 크리티컬 데미지가 적용됩니다.]

[붉은 손톱 고블린에게 [38]의 데미지를 주었습니다.]

[강력한 몬스터를 상대로 막대한 피해를 주었습니다. 놀라운 경험을 하여, 근력(+1), 집중(+1)이 상승합니다.]

우연처럼 정현의 일격은 정확히 명치를 가격했고, 강권 상태로 인해 상승한 데미지와 크리티컬 공격의 가산점…….

게다가 초급 2레벨의 카운터 어택으로 11이라는 수치가 추가되어 10레벨이라고는 믿기지 않을 정도의 데미지를 이루어 냈다.

털썩!

완벽한 반격으로 인해서 전투 불능의 상태가 된 붉은 손톱 고블린.

그사이 쓰러져 있던 고블린이 정신을 차리고 기습을 하려고 했지만, 너무도 신속하게 정리된 상황에 함부로 공격도 하지 못하고 머뭇거렸다.

"왜? 무서워?"

"인간, 우리 고블린 강하다. 너는 곧 후회할 거다."

퍼억!

말하는 틈을 노려서 정현의 앞차기가 머리통을 가격했다.

고통에 몸부림치며 바닥을 뒹구는 고블린에게 인정사정없이 이어지는 추가타들이 섬뜩함 그 자체였다.

"끼엑! 이, 인간 오지 마라."

동료가 빛으로 변해 사라지는 광경을 여과 없이 지켜보던 뒤편의 고블린은 공포에 질린 목소리로 비명을 내질렀다.

물론 말뿐인 공포가 아니라 정현의 무기인 '파워 너클'에 잠재된 특수상태 공포 — Lv. 2에 걸린 것이었기에 힘 빠진 목소리로 구슬프게 외쳤다.

"이미…… 늦었어!"

콰직!

'시작되어 버렸거든.'

적을 눈앞에 무릎 꿇리고, 자신의 강함을 증명한다.

뼈와 살이 부딪치는 강렬한 감각과 마주치는 눈빛에서 느껴지는 노골적인 적의…… 그리고 강제로 그것을 꺾는 데서 오는 우월한 느낌까지, 모두 정현을 중독되게 만들었다.

"심장의 두근거림이……."

"끼에, 끼에에!"

포식자를 앞에 둔 사냥감의 비명 소리를 뒤로하며 정현은 칠흑 같은 숲의 어둠 속으로 사라져 갔다.

〈『리얼』 제2권에서 계속〉

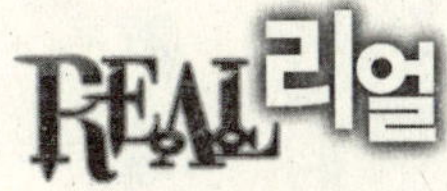

1판 1쇄 찍음 2011년 6월 21일
1판 1쇄 펴냄 2011년 6월 24일

지은이 | 제로베이스
펴낸이 | 정 필
펴낸곳 | 도서출판 **뿔미디어**

기획 | 이주현, 문정흠, 손수화
편집책임 | 주종숙
편집 | 이재권, 심재영, 조주영, 이진선
관리, 영업 | 김기환, 김미영

출판등록 | 2002년 9월 11일 (제1081-1-132호)
주소 | 부천시 원미구 상3동 533-3 아트프라자 503호 (우)420-861
전화 | 032)651-6513 / 팩스 032)651-6094
E-mail | BBULMEDIA@paran.com
홈페이지 | www.bbulmedia.com

값 8,000원

ISBN 978-89-6639-142-4 04810
ISBN 978-89-6639-141-7 04810 (세트)

보건복지부위탁 실종아동전문기관의
『Missing child』 iPhone용 무료 어플리케이션
홍보 캠페인에 <u>도서출판 뿔 미디어</u>가 함께합니다!

《주요 기능》

- 실종된 아동의 사진 및 실시간 발생되는
  실종 아동 사진 검색 및 제보 기능
- 미취학 아동을 위한
  실종 예방 인형극 영상 및
  노래, 애니메이션
- 취학 아동을 위한 유괴 예방 영상

실종아동전문기관 홈페이지 (www.missingchild.or.kr)
또는 애플의 앱스토어에서 무료로 다운로드 받을 수 있습니다.
실종·유괴 없는 행복한 세상을 위해 여러분의 소중한 관심과
많은 참여를 바랍니다.

참신하고, 끼와 재미가 넘실대는
신무협·판타지 소설을 모집합니다.

참신하고, 끼와 재미가 넘실대는 신무협 판타지 소설을 모집합니다.

많은 장르 소설 작품을 보아 오며,
"나라면 이렇게 할 텐데……."
라고 생각하며 떠올렸던 기발한 소재와 아이디어가 있다면,
마음껏 지면에 펼쳐 보시기 바랍니다.

뛰어난 문장력? 정교한 구성력?
그런 건 그다지 중요하지 않습니다.
재미와 참신함으로 중무장된 작품이라면 열렬히 대환영입니다!

소재에 제한은 없으며, 분량은 한 권(원고지 850매 내외)입니다.
작성 양식은 자유이며, 보내실 때는 꼭 파일로 작성하여 이메일로 보내 주시기 바랍니다.

다만, 호환 마마에 버금가는 미풍양속을 저해하는 단락한 내용은 사절입니다.
특히 엔터 신공은 절대불가! 최고 결격 사유입니다.

저희 도서출판 뿔미디어와 함께
즐겁고 유쾌하게 작가의 꿈을 키워 나가시기 바랍니다.
홈페이지로도 많은 참여 바랍니다.

홈페이지 오픈
www.bbulmedia.com

부천시 원미구 상3동 533-3 아트프라자 503호 (우)420-861
도서출판 뿔미디어 작품 모집 담당자 앞
전 화 : 032-651-6513   FAX : 032-651-6094
이메일 : bbulmedia@paran.com

나인 테일

그펠 게임 판타지 소

한순간의 경솔한 선택이 가져온 결과!
피 내음(?) 가득한 녀석이 온다!

게임을 빨리 즐기고 싶은 마음에
선택한 랜덤! 하지만 결과는 최악이다!
"내가 미쳤지!
종족 선택을 랜덤으로 하다니!"

졸지에 일미호가 되어 버린 드란!
몬스터 상태인 것도 억울한데
생간까지 씹어 먹게 생겼다!

꼬리 9개의 구미호를 향한 드란의
파란만장한 일대기가 시작된다!

3권 발행 예정

http://www.bbulmedia.com

BBULMEDIA